Julia Bohndorf

Von echten Puppen, bitteren Pillen und erfundenen Paten

Erzählung

Die Deutsche Nationalbibliothek verzeichnet diese Publikation in der Deutschen Nationalbibliographie. Detaillierte bibliographische Daten sind im Internet über dnb.de abrufbar.

Julia Bohndorf
»Von echten Puppen, bitteren Pillen und erfundenen Paten«

Deutsche Erstveröffentlichung
1. Auflage 2016
Alle Rechte vorbehalten
2016 Julia Bohndorf
Lektorat & Satz: KopfKino-Verlag
Covergestaltung: coverandbooks / Rica Aitzetmüller
Umschlagmotiv: Nadezda Barkova @ shutterstock.com

KopfKino-Verlag
Thomas Dellenbusch
Gluckstr. 10
D-40724 Hilden

ISBN: 978-3-9817967-1-1

www.MeinKopfKino.de

JULIA BOHNDORF

Von echten Puppen, bitteren Pillen und erfundenen Paten

ERZÄHLUNG

Über KopfKino:

KopfKino, das sind berührende, nachdenkliche oder auch spannende Kurzromane in **Spielfilmlänge**. Ihre ungefähre Lesezeit liegt zwischen 60 und 180 Minuten.

Sie eignen sich daher wunderbar für all die vielen kleinen zeitlichen Zwischenräume, die das Leben hat: für die Reisezeit in Bahn, Bus, Auto oder Flugzeug, für die Stunden in Wartezimmern oder beim Friseur, für den Nachmittag im Freibad oder am Strand, vor dem Schlafengehen oder einfach so für zwischendurch, um circa zwei Stunden unterhaltsam zu füllen.

Da ihre Lesezeit ungefähr der Länge eines Spielfilms entspricht, eignen sie sich auch hervorragend dazu, sie sich gegenseitig vorzulesen und den Fernseher einmal ausgeschaltet zu lassen. Lassen Sie sich von Fernseher und Leinwand nicht das ganze Vergnügen abnehmen.

Genießen Sie Ihren eigenen Film auf der größten Kinoleinwand der Welt: Ihrer Fantasie!

Jede Geschichte ist als eBook und als Hörbuch erhältlich, viele auch als Taschenbuch.

Informieren Sie sich regelmäßig auf
MeinKopfKino.de
über Neuerscheinungen, die Autoren, Termine für Lesungen, Hintergründe, oder laden Sie sich einzelne Geschichten als eBook oder Hörbuch herunter.

Für meine Katy
Für meine Heike,
die beste Kommasuchbeauftragte der Welt
Für meine Schreibbuddys Silke und Julia

Freundschaften bereichern ein jedes Leben!
Sie fördern und fordern einen, sie treiben einen an, liefern Trost,
Liebe, Freude und Glück.

Freundschaft ist:
Verständnis; Lachen; Vergebung; der anderen den Energy oder
das Eis zu gönnen, obwohl man es selber gerne hätte; gemeinsam
graue Haare kriegen; Lieblingsthemen ewig diskutieren können;
sich länger nicht sehen und trotzdem Kontakt halten; Lästereien
mit vollständiger Einigkeit; die gleichen besonderen Buttons und
Loops tragen; nur kurz skypen wollen und ewig kein Ende
finden ...

1

Das wilde Klopfen ihres Herzens, Stimmen auf dem Flur und zu laute Musik aus der Nachbarwohnung ließen Thea Rohde keine Ruhe finden. Sie drehte sich im Bett zum Radiowecker um und las 2:04 Uhr. Wie ein Mühlrad drehten sich die Gedanken in ihrem Kopf. Hatte sie ihre Blutdruckmedikamente vergessen? Warum war ihre Nachbarin, diese Theresa mit den viel zu bunten Haaren, mitten in der Woche nachts noch wach? Wieso benahmen sich junge Leute immer so rücksichtslos?

Thea stand auf, setzte die Brille auf und schlurfte in die Küche zu ihrer Medikamentenbox. Sie schaltete das Licht an der Dunstabzugshaube ein, da es nicht so grell aufflammte wie die Deckenlampe und zog das rote Kästchen mit den Pillen aus einem Regal. Sie beäugte es kritisch und stellte zufrieden fest, dass die drei Fächer: *Früh*, *Mittag*, *Abend* von Montag bis einschließlich Donnerstag leer waren. Das hieß, sie hatte nicht vergessen, ihre Tabletten einzunehmen. Sollte sie wohl mal den Hausarzt aufsuchen? Vielleicht musste eine stärkere Dosis gegen den Bluthochdruck her? Thea stellte die Medikamentenbox auf den Tisch, um am Morgen an einen Arzttermin zu denken, und ging ins Bad.

Wenig später verließ sie das kleine Badezimmer und erinnerte sich daran, wie schön es war, nicht jede Nacht auf die Toilette zu müssen. Jemand kreischte, polterte und lachte vor der Wohnungstür. Verärgert über dieses unsoziale Verhalten, griff Thea im Vorbeigehen ihren langen braunen Mantel von der Garderobe und zog ihn sich an. Sie öffnete ihre Eingangstür und blinzelte mehrere Male. Das Flurlicht blendete unangenehm. Vor ihr nahmen fünf Personen Gestalt an und reihten sich vor ihr auf.

»Frau Rohde«, begann Theresa zaghaft, »wir wollten Sie nicht wecken.«

»Haben Sie aber«, erwiderte Thea aufgebracht. »Muss das denn wirklich sein, Kinder?«

»Was meinst du, Omchen? Dass wir Spaß haben? Oh ja, das muss sein! Nur weil Sie sich kaum daran erinnern, was dieses Wort bedeutet und seit 100 Jahren nicht mehr gelacht haben? Daran haben wir ja keine Schuld, und Sie sollten uns keinesfalls den Abend versauen! Außerdem ...«, redete ein blonder Mann mit viel zu langen Haaren für den Geschmack der Mittsiebzigerin frech weiter, »nehmen Sie die Hörgeräte raus, und schon ist es schön still!« Er verschränkte die Arme vor der Brust und grinste triumphierend.

Die letzten Sätze trafen Thea hart. Sie strich sich beiläufig eine weiße Haarsträhne hinters Ohr und berührte dabei ihr Hörgerät. Nun hatte sie die Erklärung für den unruhigen Schlaf. Sie hatte tatsächlich vergessen, die Verstärker abzunehmen. Es ärgerte sie, dass der freche Kerl mit einem Teil seiner Aussage Recht behielt. Nur mit dem Spaß, da lag er vollkommen falsch.

Sie hatte immer Freude am Leben gehabt. Nachdem die Mauer gefallen war, verreiste sie mit ihrem Mann gerne und oft. Sie genossen diese neue Freiheit und lachten viel. Jans Tod hatte natürlich alles verändert. Theoretisch wusste sie jedoch noch ganz genau, wie sich diese Emotion anfühlte.

»Ich gönne jedem sein Vergnügen, aber bitte um eine anständige Uhrzeit. Gehen Sie aus! Tanzen Sie in der richtigen Lokalität, oder treten Sie alle einem Sportverein bei, wenn Sie unbedingt miteinander rangeln wollen. Deshalb muss man nicht mitten in der Nacht im Hausflur herumpoltern«

Thea Rohde löste den Blick von dem jungen Mann und richtete ihn auf ihre Nachbarin. »Fräulein Theresa, Sie wissen, dass Familie Peter ein Baby hat.« Thea zog den Mantel enger um sich, denn die Kälte kroch darunter.

Theresa nickte.

»Du hast Recht, Resa, sie ist echt merkwürdig. Fräulein? Dass ich nicht lache«, sagte der blonde Mann übermütig, nahm Theresa in den Arm und küsste sie stürmisch.

Eine Etage über ihnen öffnete sich eine Wohnungstür und Babygeschrei erklang. Gleich darauf betätigte jemand den Summer der Haustür und zwei Polizisten traten ein.

»Guten Morgen«, begrüßten die uniformierten Männer die Gruppe. »Wir wurden über eine Ruhestörung informiert.«

»Echt jetzt? Sie haben die Bullen gerufen?« Theresas Freund schaute entsetzt zu Thea Rohde. »Ähm, ich meine die Polizei?«, er warf einen kurzen Blick auf den dunkelhaarigen Zwei-Meter-Mann.

»Nein, das war ich nicht!«, erwiderte Thea auf den Vorwurf. Schritte kamen die Treppe hinunter, und Frau Peter erschien auf dem Treppenabsatz zwischen den Etagen. »Aber ich!« Sie wiegte ihr Neugeborenes sanft im Arm. »Danke, dass sie so schnell gekommen sind.«

»Sie sind Frau Peter?«, fragte der kleinere Polizist.

»Ja, die bin ich, und der Lärm um diese Uhrzeit ist eine Zumutung. Ich glaube, ihr Kids habt keine Ahnung, was Nachtruhe bedeutet.« Sie schritt die letzten Stufen nach unten und gesellte sich zu der Gruppe. Zehn Minuten später war die kleine nächtliche Versammlung mit einer Verwarnung der Polizisten an Theresa und ihre Freunde aufgelöst. Frau Peter ging mit ihrem Baby die Treppe hoch. Die jungen Leute verließen das Haus, und Thea kehrte in ihre Wohnung zurück. Sie fühlte sich aufgewühlt, sogar ein wenig gereizt und hängte ihren Mantel schwungvoll an die Garderobe. Auf dem Weg ins Wohnzimmer nahm sie die Hörgeräte heraus, machte ihre Stricklampe neben ihrem Lieblingssessel an und legte die kleinen silbernen Geräte auf den Tisch.

Für Thea gab es nichts Entspannenderes als das Stricken. Sie zog drei Wollknäuel aus dem Korb, suchte die passenden Nadeln und begann geschwind mit der Herstellung eines Schals. Früher hatte sie das Klickern der Stricknadeln beruhigt, doch seit ein paar Jahren hörte sie das nur mit den Hilfsmitteln in den Ohren. Jetzt genoss sie jedoch die allumfassende Stille und strickte Reihe um Reihe. Beinahe alles ging bei Thea sehr langsam vonstatten, nur im Umgang mit den Stricknadeln arbeitete sie flink und geschmeidig. Gute zwei Stunden später war der Schal fertig und sie müde. Thea stand auf und brachte ihn zum Schrank, in dem sie all ihre Stricksachen aufbewahrte. Beim Öffnen der Tür kam ihr ein Teil des Inhalts entgegen, und sie drückte die Schranktür wieder zu. Da fiel ihr ein, dass sie darin keinen Zentimeter Platz mehr frei hatte, und dass sie sich schon längst Gedanken machen wollte, wohin mit den unzähligen Mützen, Schals und Fäustlingen. Es war zwar unsinnig, aber Thea strickte das ganze Jahr diese Sets. Selbst im Sommer, bei brütender Hitze, saß sie im Wohnzimmer oder auf ihrer kleinen Terrasse und fertigte diese Winterbekleidung. Das neue Stück legte sie nun auf den Tisch zu den Hörgeräten und ging ins Bett. Es war 4:36 Uhr, als sie die Decke über sich zog und die Augen schloss.

***

Erholt schlug Thea Stunden später die Lider auf und erschrak, als sie die Uhrzeit auf dem Wecker ablas: 11:19 Uhr. Ihr erster Gang führte sie ins Badezimmer. Als sie es frisch hergerichtet und bereit für den Tag verließ, ging sie ins Wohnzimmer, um die Hörgeräte zu holen und lief anschließend in die Küche. Die Tablettenbox erinnerte sie an den Arzttermin, den sie vereinbaren wollte, doch sie schob sie vorerst beiseite, um den Tisch zu decken. Frühstück um halb zwölf. Thea lächelte in sich hinein. Das war ihr seit Jahren nicht mehr passiert. Während der Kaffee durch die Maschine tröpfelte, holte sie die Leipziger Volkszeitung aus dem Briefkasten. Der Hausflur lag still da, und nirgends sah sie Überbleibsel des nächtlichen Gelages. Keine Glasscherben, Flaschen oder irgendwelche Körperflüssigkeiten. Es stimmte sie traurig, aber die Rentnerin traute der heutigen Jugend alles zu. Pikiert rümpfte Thea Rohde die Nase, als ihr der Anblick des offenen und hoffnungslos überfüllten Schuhregals neben Theresas Wohnungstür ins Auge fiel. Sie zwang sich, kein weiteres Mal in diese Richtung zu schauen und bog in ihre Wohnung ab.

Bei einer entkoffeinierten Tasse Kaffee, die ihr nicht wirklich schmeckte, aber vom Hausarzt empfohlen wurde, und einem Toast mit Erdbeermarmelade las sie ihre Zeitung. So richtig spannend wirkte das Hauptthema des Tages nicht. Desinteressiert blätterte sie weiter und sah sich größtenteils nur die Fotos und Überschriften an. Immer wieder biss sie in den Toast und gelangte wie jeden Tag zu den Todesanzeigen und Geburten. Noch nie hatte sie verstanden, weshalb die Redakteure diese beiden Ereignisse auf eine Doppelseite druckten. Thea las die Namen der Neugeborenen und erfreute sich an den klassischen wie

Paul, *Edward* und *Emma*. Mit einem ausgedehnten Kopfschütteln und der Schwierigkeit, die Wörter selbst in Gedanken richtig auszusprechen, las sie ferner *Cameron* und *Julie-Sunshine*. Daneben fand sie die Notfallnummer bei einem Herzinfarkt: 112.

Sie richtete ihr Augenmerk auf die rechte Seite, und gleich der erste Name ließ sie stocken. Klirrend kam ihre Tasse auf der Untertasse auf, und der Inhalt schwappte über den Rand.

Walter Gast

*11.03.1939

+03.03.2016

Sie kannte Walter. Das begriff sie beim Lesen der Angehörigen, und sie wusste, dass er in Stötteritz gelebt hatte. Mit ihm war sie vor über 60 Jahren zusammen in die Schule gegangen. Thea schlug die Zeitung zu und seufzte.

»Die Einschläge kommen näher«, flüsterte sie vor sich hin und holte betroffen die Tabletten für Freitagmorgen aus der Box. Mehrere verschiedenfarbige und unterschiedlich geformte Pillen schluckte sie mit dem Rest Kaffee herunter. Sie wusch ihr Geschirr ab und spähte dabei aus dem Fenster. Die Sonne schien, weder schneite, noch regnete es. Sie entschied sich für einen Spaziergang. Wenig später trat Thea Rohde vor die Haustür und lief eine große Runde durch den Sonnenpark und über die umliegenden

Wege. Vorbei an Spielplätzen und den vielen Kliniken, die sich in Probstheida angesiedelt hatten.

Eine Stunde später schob sie erschöpft aber zufrieden gerade den Schlüssel in die Haustür, als von drinnen, wie so oft in den letzten Wochen, lautes Gekreische erklang. Die Rentnerin erkannte Theresa sofort und seufzte. Die andere Stimme, die ebenso aufgebracht brüllte, gehörte dem blonden jungen Mann, der in der Nacht so herablassend mit ihr gesprochen hatte. Plötzlich kam er in Sichtweite, gestikulierte aufbrausend und riss Thea die Türklinke aus der Hand.

»Tu dich doch mit der schrulligen Alten zusammen«, schrie er und schaute die Rentnerin kurz an. »Sie ist übrigens wieder da, Resa. Haut euch doch heute Mittag zusammen aufs Ohr, und danach bringt sie dir das Sockenstricken bei.«

»Du bist so ein Arschloch, Oliver«, rief Theresa aufgebracht.

»Und du todlangweilig. Ich weiß gar nicht mehr, was ich mal an dir aufregend fand. Das war's, schönes Leben noch.« Er marschierte an Thea vorbei. Aus dem Hausflur erklang ein Schluchzen. »Aber ich ...« Theresa beendete den Satz nicht, sondern begann zu weinen. Unschlüssig trat die Rentnerin an ihren Briefkasten. Die junge Frau tat ihr auch leid, und sie wollte etwas Zeit schinden, bis sie die Tür der Nachbarwohnung ins Schloss fallen hörte.

Im Briefkasten fand sie zwei Umschläge. Ein klassisch weißer mit Sichtfenster von ihrem

Stromanbieter und ein hübscher, perlmuttweißer mit handgeschriebener Adresse darauf. Sie las den Absender und erkannte den Namen. Heidi Eck, ebenfalls eine Klassenkameradin. Sie kümmerte sich alle zehn Jahre um die Organisation des Klassentreffens. Wo war die Zeit nur hin? Thea nahm beide Briefe und ging die wenigen Stufen zu ihrer Wohnung. Ein Schluchzen. Ihr fiel Theresa wieder ein, und sie schaute zu ihr. Das Mädel mit den langen Haaren in Lila, Fuchsia und Rosa kauerte auf der Fußmatte neben ihrem Schuhregal und weinte. Sie spürte Mitleid mit ihr, doch auf sie zugehen wollte sie nicht. Denn mehr als einmal hatte die junge Frau sie angefahren und ihr zu verstehen gegeben, dass sie sich gefälligst um ihr eigenes Zeug kümmern solle. Das war bei dem Hinweis auf das Schuhregal so gewesen, ebenso wie mit der Flurwoche. Die beiden Frauen gerieten regelmäßig aneinander. Da eine Konfrontation für einen Tag vollkommen ausreichte, beschloss Thea, ihre Nachbarin zu ignorieren und sich lieber dem Brief zu widmen.

In der Wohnung hängte sie den Mantel auf und nahm den Hut ab. Sie durchforstete die Schubfächer der Küche nach dem Brieföffner. Dieses Teil sollte eigentlich in dem kleinen Ständer mit den Stiften und dem Flaschenöffner stehen, doch immer häufiger räumte ihn Thea irgendwohin und musste dann in allen Fächern kramen. Schließlich fand sie ihn im Kühlschrank auf der Wurstdose. Sie hatte ihn am

Vortag nicht gleich zurückgesteckt, sondern auf der gelben Schachtel mit dem Bierschinken abgelegt. Und so war er einfach mit dem Turm aus Butterdose, Wurstverpackung und dem Milchpaket im Kühlschrank gelandet. Sie schüttelte den Kopf, verärgert über ihre Schusseligkeit, nahm den Brieföffner heraus und setzte sich an den Tisch.

Beim Herausziehen der Karte fiel ihr Blick kurz auf die Zeitung, und Walters Anzeige kam ihr wieder in den Sinn. Es könnte das letzte Klassentreffen sein, schwante ihr, und sie nahm sich fest vor, es auf jeden Fall wahrzunehmen. Sekunden später revidierte sie ihre Entscheidung, denn in der Einladung gab es eine Bedingung für die Teilnahme. *Mit Partner oder Enkel* hieß es, weil schon einige gestorben waren und etwas mehr Lebende den Abend mit Sicherheit versüßen würden. Thea Rohde fühlte sich ausgegrenzt. Jan starb vor drei Jahren, und da ihnen Kinder nicht vergönnt gewesen waren, fehlte ihr auch das Enkelkind für dieses Treffen. Der Wunsch, teilzunehmen, blieb dennoch vorhanden, und so beruhigte sie sich damit, dass es bis Anfang Juni noch gute drei Monate dauerte, in denen ihr etwas einfallen konnte. Sie klemmte die Einladung unter die Stifte und notierte sich den Termin im Wandkalender. Während sie *Bayrischer Bahnhof* als Veranstaltungsort aufschrieb, erklang aus Theresas Wohnung laute Musik. Thea spitzte die Ohren und lauschte. Es war nicht dieser grauenvolle Hiphop, den sie sonst immer laufen hatte. Auch nicht jene Musik, bei der die Wände und der Fußboden wackelten. Stattdessen sang eine Männerstimme über Paris und einen Magneten. Thea Rohde lächelte, als sie das Lied erkannte. Die wilde Theresa hörte Schlager und nicht irgendeinen Schlager, sondern Alexander Klaws' »Magnet«. Dieses Lied gefiel der Rentnerin ebenfalls, wenn auch niemals in solch einer Lautstärke. Sie summte die Melodie und sang sogar einige Worte mit, während sie den zweiten Brief öffnete. Das Lied erklang wieder und wieder in Endlosschleife. Von Theresas Traurigkeit hatte das ganze Haus etwas, und in Thea keimte das Bedürfnis auf, der jungen Frau eine Freude zu machen.

Sie ging ins Wohnzimmer und schloss die Schranktüre auf. Der gesamte wollige Inhalt ergoss sich aus dem Inneren und lag ihr hoch bis zu den Knien um die Beine verteilt. Ihre Beschäftigung gegen Einsamkeit. Jedes einzelne Set legte sie zusammen und band eine Schleife darum. Wenig später hielt sie einen Schal in dunklem Lila in der Hand und kramte nach der Mütze und den passenden Fäustlingen. Auch wenn sie Theresa nicht genau kannte, aber diese Farbe passte zu ihr. Außerdem entschied sich Thea, auch ein paar pinke Blumen zu häkeln und anzunähen. Sie überlegte, das Set demnächst einfach auf Theresas Schuhe zu legen. Immerhin sollte der Winter nächste Woche schneereich und bitterkalt zurückkehren. Und wenn es draußen dann endlich frühlingshaft würde, plante Thea, in die Stadt zu fahren und sich selbst etwas Hübsches zum

Anziehen für das Klassentreffen zu kaufen. Vielleicht ging sie auch noch mal zum Arzt wegen des Blutdruckes, aber im Moment schob sie diesen Gedanken von sich.

2

Erna Meyer saß bei einer Tasse Tee in ihrem Wintergarten, las in der Zeitung und knabberte an einem süßen Brötchen. Ihre Prothesen saßen nicht mehr richtig fest, und da die Angst vor dem Zahnarzt, der ihr Implantate setzen wollte, zu groß war, gab es nur weiche Kost. Diese in der Werbung hochgelobte Haftcreme hielt nur von Zwölf bis Mittag und schmeckte zudem scheußlich. Die Unterfütterung der falschen Zähne vor drei Monaten brachte auch keine wirkliche Besserung. Somit blieb ihr nichts anderes übrig, als sich mit diesem Zustand zu arrangieren. Manchmal gelang es Erna, doch ab und zu seufzte sie betrübt und ärgerte sich mehr als sie wollte. Besonders, wenn es Krustenbraten gab, sie die leckere Kruste abschneiden und beiseite legen musste.

Sie las weiter und kam schon bald auf der Doppelseite mit den Geburten- und Todesanzeigen an. Kopfschüttelnd las sie die Namen *Cameron* und *Julie-Sunshine*. Was war nur aus *Peter*, *Werner*, *Maria*, *Frank* und *Beate* geworden? Selbst ihre Tochter, die einen Amerikaner geheiratet hatte, gab Ernas Enkelin den klangvollen Namen *Caroline*. Nichts mit Wettererscheinungen, Farben, Metallen und/oder Früchten. *Platin Pink Peach* war Spaßes halber auch mal in der näheren Auswahl gewesen, wurde später jedoch von Caroline abgelöst. Erna brauchte am Anfang etwas Zeit und Übung, um den Namen nicht deutsch auszusprechen, doch irgendwann war auch die englische Aussprache selbstverständlich für sie geworden.

Sie lächelte bei der Erinnerung und las weiter. *Paul*, *Edward* und *Emma* wurden mit ihren Geburtsdaten gefeiert. Diese Namen gefielen ihr dagegen sehr. Die Todesanzeigen wollte sie lediglich überfliegen, als ihr Blick gleich bei der ersten hängen blieb.

Walter Gast
*11.03.1939
+03.03.2016

Erna kannte Walter. Sie war vor über 60 Jahren mit ihm in die Schule gegangen. Die Rentnerin blinzelte und hoffte, dass sie sich verlesen hatte. Noch einmal ging sie die Zeilen durch. Walter Gasts angegebene Adresse in Leipzig-Stötteritz und auch das Geburtsdatum passten. Sie registrierte ein Engegefühl, immer öfter Todesanzeigen von Menschen in ihrem Alter zu lesen. Sie goss erneut Tee in die nun leere Tasse und blätterte weiter. Ohne wirkliches Interesse nahm sie die Überschriften und Bilder wahr und faltete letztendlich die Zeitung zusammen. Ihr Blick glitt zur Uhr über dem Durchgang in die Küche. In 20 Minuten musste sie los. Immer freitags und dienstags ging Erna zum Friseur. Meist nur zum Waschen und Föhnen und in größeren Abständen zusätzlich Färben und Schneiden. Ihr war es wichtig, gepflegt auszusehen und ja, sie galt als ein wenig eitel. Ernas Haar wies einen künstlichen goldenen Schimmer auf, den ihre Naturhaarfarbe schon lange nicht mehr vorzuweisen hatte. Sie leerte die zweite Tasse und überflog dabei ihren Garten mit skeptischem Blick. Der Winter streckte nur noch ab und an in der Nacht seine eisigen Finger aus und überzog alles mit einer dünnen Eiskristallschicht. Es wurde Zeit, dass der Frühling kam. Die Narzissen auf ihrer großen Wiese wuchsen kräftig der Morgensonne entgegen, obwohl Ostern erst in drei Wochen war. Und die Krokusse verteilten weiße und lila Tupfen auf dem ansonsten grünen Rasen mit den gelben Blüten. Die Natur lockte die Sonne heraus. Erna stellte Tasse und Untertasse auf den Teller und das kleine Türmchen zur Teekanne auf das Tablett. Dieses brachte sie in die Küche und lief zum Wandkalender neben dem Durchgang, der in den großzügigen Empfangsbereich ihrer Stadtvilla führte. Den Friseurtermin um Zehn hatte sie sich richtig eingeprägt, doch der um 15 Uhr überraschte sie. An diesem Nachmittag sollte ihr Gärtner Lasse zu Besuch kommen. Er wollte mit ihr die Bepflanzung des Gartens durchsprechen.

Erna mochte den jungen Mann. Er sprühte vor Energie, hatte wirklich wunderbare Einfälle, und sie konnte wundervoll mit ihm scherzen. Sein leicht schwarzer Humor war für sie etwas ganz Besonderes, denn diesen hatte sie stets an ihrem vor vier Jahren verstorbenem Mann Bernd geliebt. Die beiden wiesen ansonsten keinerlei Ähnlichkeiten auf. Lasses Haare leuchteten blond, Bernd hatte braune besessen. Sie dachte lächelnd an seine große und stattliche Gestalt. Bei Lasse hatte Erna oft das Bedürfnis, ihn zu füttern, oder sie wollte ihm Taschengeld für eine Pizza zustecken. Athletisch passte wohl noch am besten, um die Statur des 23jährigen zu beschreiben.

Beschwingt verließ sie das Haus und machte sich auf den Weg zum Friseur ihres Vertrauens. Die Sonne schien, und es herrschte reges Treiben auf den Fußwegen und Straßen.

In großen Wellen lagen Ernas Haare auf ihren Schultern, als sie den Coiffeur verließ. Sie liebte den Duft der Pflegeprodukte und hatte sich auch diesmal den Festiger mitgenommen, den sie mittlerweile seit über 15 Jahren benutzte. Den Mantelkragen stellte sie auf, da der Wind unangenehm kalt blies und sie keinesfalls eine Erkältung oder einen steifen Hals riskieren wollte. Zu Hause angekommen entschied sie sich für ein einfaches Mittagessen mit Nudeln und selbstgemachtem Pesto Genovese. Bis Lasse kam, blieb ihr noch gut eine Stunde Zeit. Die nutzte die Rentnerin und ging hinauf in den ersten Stock. Dort befanden sich fünf Zimmer, von denen sie nur drei wirklich benutzte. Das Schlafzimmer, das Bad und ihr Puppenzimmer. Erna liebte ihre Sammlung, die mittlerweile stolze 300 Porzellanpuppen umfasste. In diesem Raum vergaß sie die Zeit. Sie wischte Staub, richtete Kleider, setzte ihre

Lieblinge in den Regalen, auf den Sofas und Stühlen um und bildete neue Paare. Ihre Beschäftigung gegen Einsamkeit. Dazu hörte sie für ihr Leben gern Opern. *Anna Bolena* von Gaetano Donizetti und *Die verkaufte Braut* von Bedřich Smetana waren ihr die liebste musikalische Untermalung, wenn sie in diesem Zimmer weilte.

Anna Netrebko sang gerade voller Inbrunst *Coppia iniqua*, als sich die Türklingel vollkommen unmelodisch einmischte. Erna blickte erschrocken auf ihre Armbanduhr. Sie hatte Lasse vergessen. Eilig stoppte sie den Gesang, verließ den Raum und lief die Treppe nach unten. »Ich bin auf dem Weg«, rief sie der Haustür und dem dahinter Wartenden entgegen. »Bin gleich da!« Sie öffnete die Tür und sah den grinsenden Lasse mit einem Stapel Briefe in der Hand.

»Na, Frau Meyer, haben Sie sich wieder die volle Dröhnung Klassik gegeben?«

»Hallo Lasse. Komm doch bitte rein.« Sie lächelte zurück. »Und ja, selbstverständlich die volle Dröhnung.« Sie nahm ihm den kleinen Stapel Post ab und lief zur Küche.

»Bist du jetzt auch Briefträger?«

»Nein, ich habe ihm die Post nur abgenommen. Wäre doch Quatsch, wenn Sie die holen müssten, obwohl ich sie mitbringen kann.« Er folgte ihr nicht, sondern machte sich stattdessen an den Schnürsenkeln seiner Schuhe zu schaffen.

»Kommst du?« Erna drehte sich noch einmal um.

»Bitte, lass doch die Schuhe an.«

»Aber, die sind …«, protestierte er.

»Nichts da. Komm schon!«

»In Ordnung.«

Lasse durchquerte den großen Empfangsbereich. Erna stand vor dem Kaffeevollautomaten und stellte eine geblümte Tasse mit Goldrand unter den Auslauf.

»Kaffee?«, fragte sie.

»Wie immer sehr gern, Frau Meyer.«

Er lief in den Wintergarten. Dort fanden ihre Arbeitsgespräche statt. Sich selbst kochte Erna einen TWININGS Everyday. Ein ganzer Schrank ihrer Küche beherbergte sämtliche Variationen des Londoner Teehauses. Nur Augenblicke später betrat sie den Wintergarten und brachte Getränke und Kuchen zum Tisch.

»Was machst du da? Setz dich doch bitte!«

Lasse stand vor der Glasfront und inspizierte den Garten. »Ich denke, nächste Woche komme ich zum Rasenmähen und die Woche darauf können wir ihre Palmen und die anderen Topfpflanzen aus der Garage holen.« Mit einem Nicken, als würde er seinen Plan selbst bestätigen, drehte er sich zu Frau Meyer um und nahm einen Stuhl.

»Ich bin mir nicht sicher! Ist es nicht noch zu kalt für meine Palmen?« Erna schob ihm die Tasse zu.

»Sie denken an die Cycas Revoluta?«

»Keine Ahnung, wie die heißen. Die derzeitigen Garagen-Palmen in den Kübeln.«

»Ja, die meinte ich. Laut Wettervorhersage nicht. Sie halten ein paar Minusgrade aus, aber wenn Sie sich Sorgen machen, können sie ruhig noch zwei oder auch drei Wochen länger dort bleiben.« Lasse goss reichlich Milch in die zierliche Porzellantasse.

»Ja, ich glaube, das möchte ich gerne.«

»In Ordnung. Sie wissen doch, ich mache nichts, was sie nicht wollen.«

Er grinste und trank einen Schluck. Anschließend zog er einen Block und Stift aus der Jackentasche.

»Dann erzählen Sie mal! Was darf ich in diesem Jahr in ihrem Garten pflanzen, umbauen und umgestalten? Möchten Sie vielleicht einen Teich?« Er klickerte mehrfach mit dem Kugelschreiber.

»Bloß nicht!« Erna lachte und reichte ihm einen Spritzkuchen.

»Na gut, dann nicht.«

Sie redeten und planten eine Stunde lang. Lasse machte den Anfang und erhob sich, um einen Blick auf die Palmen in der Garage zu werfen, denn Erna wollte zwei von ihnen gerne in den Wintergarten stellen. Sie verließen die Villa auf der Terrassenseite und nahmen die kleine Tür in der Garagenrückwand. Das Licht fiel durch große Fenster in den Anbau und ließ den silbernen Lack und die Chromteile des alten Mercedes Benz 500 SEL glänzen. Beide liefen auf einer Seite des Oldtimers zum vorderen Teil der Garage und fuhren mit den Fingerspitzen über den Lack. Erna seufzte.

»Er liebte dieses Auto.«

»Das kann ich verstehen! Ein V8 mit fast fünf Litern Hubraum, 170 kW und 231 PS. Anfang der 80er gebaut?«

Die Witwe verdrehte die Augen.

»Ja, 1984, aber warum werft ihr Männer immer mit Buchstaben und Zahlen um euch, wenn es um Autos geht?« Erna versuchte ein Lächeln.

Lasse zuckte mit den Schultern.

»Keine Ahnung.«

Er bemerkte die Traurigkeit der alten Dame.

»Ich habe Ihnen übrigens einen frischen Witz mitgebracht.«

»Schön schwarz?«

Sofort war ihr Interesse geweckt.

»Selbstverständlich.«

»Na, dann lass hören.«

Die fünf Palmfarne bildeten einen kleinen Wald in der Ecke, und der junge Mann lehnte sich an die größte von ihnen. »Bereit?«

Erna schnaubte. »Schon seit gestern. Erzähl!«

»In Ordnung. Ein Mann im weißem Kittel kommt ins Krankenzimmer und tritt an das Bett des Patienten: ‚Wie groß sind Sie?‘ ‚Warum wollen Sie das wissen, Herr Doktor?‘, fragt der Patient verblüfft.« Lasse machte eine kurze Pause. »Ich bin nicht der Arzt, ich bin der Schreiner!« Er grinste. Die Rentnerin lachte. »Der war gut, aber ich kannte ihn schon!«

»Oh, ehrlich?«

»Ja, der ist älter als du und der Mercedes

zusammen.« Sie zwinkerte.

Lasse löste sich von dem Stamm der Palme und sah zu dem Auto. »Sie wissen, dass der Wagen im Mai zum TÜV muss?«

»Nein, aber gut, dass du es sagst!« Sie schaute nun ebenfalls auf das Nummernschild. »Entweder sind meine Augen spontan wirklich sehr schlecht geworden und ich sehe die Plakette nicht oder jemand hat sie geklaut.«

»Ähm, die Plakette klebt nur noch am hinteren Schild. Vorne gibt es keine mehr«, erklärte der junge Mann.

»Seit wann das denn?« Erna lief zum Kofferraum und sah nach unten.

»Weiß nicht. Schon länger.«

Lasse zuckte mit den Schultern.

»Du hast Recht: Mai.«

»Sag ich ja. Aber warum tüven Sie ihn eigentlich noch? Sie fahren ihn doch gar nicht. Dann müssen Sie ihn auch nicht anmelden, und ohne Anmeldung können Sie sich auch den TÜV sparen.«

»Ich hoffe, dass ich mitfahren kann, wenn meine Tochter und ihre Familie zu Besuch kommen.«

Lasse grinste sie jetzt an und sagte: »Ich melde mich freiwillig und fahre diese fette Karre und Sie, wohin sie wollen!«

»Nenn ihn nicht so! Bernd hat ihn *Rolf, das rollende Schlachtschiff*, genannt.«

Ernas Erinnerungen stiegen kurzzeitig auf.

»Rolf?«

»Ja, Rolf! Und nun zu den Palmen. Ich will die und die im Wintergarten haben.« Die Rentnerin deutete auf die zwei kleinsten Pflanzen.

»Okay, dann kommen wir nächste Woche zu zweit, mähen den Rasen und stellen die beiden Palmen um.«

Nachdem der Plan stand, verabschiedete sich Lasse mit einem Spritzkuchen in der Hand.

»Bis Mittwoch, Frau Meyer.«

»Bis Mittwoch, Lasse. Ich werde über unsere Rundfahrt mit Rolf nachdenken.«

»Machen Sie das, ich freue mich schon drauf.«

Er winkte ihr zu, stieg in den Kleintransporter und fuhr von der Einfahrt.

Zurück im Wintergarten öffnete Erna endlich die Post. Wirklich interessant erschien ihr dabei jedoch nur ein perlmuttweißer Umschlag. Sie drehte ihn und las den Absender. Heidi Eck, ihre Banknachbarin aus der Schulzeit und Organisatorin aller bisherigen Klassentreffen. Schnell überlegte Erna, ob wirklich ein Jahrzehnt verstrichen sein konnte. Den Griff des Löffels benutzte sie als Öffner, zog die Einladung heraus und überflog die ersten zwei Zeilen. Tatsächlich, es waren erneut zehn Jahre ins Land gegangen.

Einladung

zum diamantenen Klassentreffen
am 04. Juni 2016 um 18 Uhr
mit Partner oder Enkelkind

Gasthaus & Gosebrauerei
Bayrischer Bahnhof
Leipzig

Erna klappte die Karte zu und klemmte sie mit dem Umschlag unter die Etagere. Ein seltsames Gefühl breitete sich in ihr aus. Erst die Todesanzeige von Walter am Morgen und nun das Klassentreffen, welches ohne ihn stattfinden würde. Die Klasse schrumpfte von Jahrzehnt zu Jahrzehnt. Erna sorgte sich, dass es möglicherweise kein weiteres Treffen für sie geben könnte und beschloss, dieses auf jeden Fall wahrzunehmen. Sie plante einen Anruf am Abend bei ihrer Tochter. Vielleicht wollten die drei sie Anfang Juni besuchen kommen, und sie dürfte Caroline mitnehmen.

3

In der ersten Maiwoche war der Frühling warm und der Winter nur noch eine Erinnerung.

Thea lief zur Straßenbahnhaltestelle und wartete auf die Linie 15, die ins Stadtzentrum fuhr. Sie wollte sich endlich etwas Hübsches für das Klassentreffen in einem Monat kaufen.

Auch wenn sie ohne Begleitung dort auftauchen würde, glaubte sie fest daran, trotzdem teilnehmen zu dürfen. Immerhin hatte sie sich die Kinderlosigkeit und den Tod ihres Mannes nicht ausgesucht. Zwanzig Minuten später erreichte sie den Augustusplatz zwischen Oper und Gewandhaus. Thea genoss das Treiben und die Geschäftigkeit um sich herum. Zielstrebig lief sie auf den Marktplatz mit dem alten Rathaus zu. Genau gegenüber des schönen Gebäudes stand das große Breuninger Kaufhaus. Sie näherte sich der Tür und als diese sich nicht von selbst öffnete, schaute sie irritiert auf die Uhr. Gleich darauf warf sie einen Blick auf die Öffnungszeiten. Sie war zu früh. Thea seufzte und grübelte, was sie eine halbe Stunde lang machen sollte. Sie entschied sich für einen Bummel über den Wochenmarkt. An jeder Ecke und von jedem Stand duftete es anders: Fisch, Käse, Blumen, Backwaren und Wurst. Die Rathausuhr schlug 10 Uhr und Thea näherte sich erneut der Kaufhaustür. Dieses Mal glitt sie auseinander, und sie trat ein. Unschlüssig sah sie sich um, ihr fehlte die Orientierung.

»Guten Morgen. Kann ich Ihnen helfen?«, fragte eine adrett gekleidete Frau mit einem schwarzen Pagenschnitt und lächelte sie an.

»Guten Morgen.« Thea lächelte zurück, denn sie war froh, nicht ziellos durch die ganzen Etagen streifen zu müssen. »Ich brauche ein Kostüm oder einen Hosenanzug oder ein Kleid für mein Klassentreffen in einem Monat.«

»Da finden wir bestimmt etwas.« Die Verkäuferin nickte bekräftigend. »Möchten Sie den Fahrstuhl nehmen?«

»Ja, bitte.«

Im richtigen Stockwerk angekommen, begann die emsige Verkäuferin auch gleich mit der Suche.

»Haben Sie Farbwünsche?«

»Ja, unifarben. Lieber etwas dunkler, aber bloß kein Grün! Größe 44 bitte.« Thea setzte sich auf einen der Stühle.

»In Ordnung. Sie warten hier? Ich schaue nach ein paar Kleidungsstücken.«

»Danke.« Thea lehnte sich zurück und sah sich gründlich um. Dabei fiel ihr ein marineblauer Zweiteiler ins Auge. Sie stand auf und lief auf die Puppe zu. Ein taillierter Blazer und ein knielanger, leicht ausgestellter Rock. »Das mag ich. Aber keine weiße Bluse, lieber Hellblau oder auch etwas mit Punkten.«

»O-okay«, stotterte die schwarzhaarige Angestellte. »Wollen Sie kurz gucken, was ich gefunden habe?«

Thea nickte. »Zeigen Sie mal!«

Die Verkäuferin zeigte ihr jedes Teil, doch nur ein dunkelblaues Sommerkleid mit winzigen hellen Punkten gefiel ihr. Auch die weiße Strickjacke mochte sie dazu. »Das probiere ich an und dieses Kostüm.« Thea deutete auf die Puppe neben sich.

»Sehr gerne. Gehen Sie vor? Die Umkleiden befinden sich links. Ich bringe Ihnen den Zweiteiler mit passender Bluse hinterher.«

»Ja. Die Bluse lieber hellblau als gepunktet und mit kurzen Armen.«

Das Kleid und die Strickjacke nahm Thea an sich und setzte sich in Bewegung. Schon im Spiegel der Umkleide sah das Sommerkleid schrecklich aus, und die Jacke darüber machte es nicht besser. Die Rentnerin streckte den Kopf aus der Kabine und hielt Ausschau nach der Verkäuferin.

»Und? Wie sitzt das Kleid?« Die Angestellte kam um die Ecke und hängte die Bügel mit der Kleidung in die Kabine.

»Ganz schrecklich!«

»Wirklich?«

»Ja!«

»Dann probieren sie Ihre Auswahl an. Ich habe drei Blusen rausgesucht. Schauen Sie, welche Sie am liebsten dazu mögen.« Die Verkäuferin strahlte reichlich Optimismus aus. »Wenn Sie mich brauchen, ich bin bei den Strumpfwaren.«

»Dankeschön.«

Thea sah ihr noch kurz nach und verschwand dann wieder in der Umkleide. Das Kostüm erwies sich als perfekt passend. Die hellblaue Bluse gefiel der Rentnerin ebenfalls und so trat sie entschlossen aus der Kabine, um sich einmal in dem großen Spiegel anzusehen. Sie stockte. Dort stand eine blonde Frau mit welligem, schulterlangem Haar, die dasselbe Kostüm trug wie sie und sich zufrieden im Spiegel betrachtete. Ihre Blicke trafen sich und Erna drehte sich zu ihr.

»Erna?«

»Thea?«

Die blonde Frau kam näher.

»Ja«, bestätigte Thea überflüssigerweise. »Komisch, dass wir nicht auch die gleiche Bluse gewählt haben.«

»Stimmt, wo wir uns doch bei dem Kostüm und Jan so einig waren.«

Thea hatte kurz nach der Schule Jan geheiratet, obwohl Erna sich ebenfalls in ihn verliebt hatte. Sie stichelte immer noch deswegen, über ein halbes Jahrhundert später. Sie rollte genervt die Augen.

»Möchtest du gar nichts dazu sagen?«, bohrte Erna nach. Die beiden Frauen standen nun nebeneinander vor dem Spiegel und musterten hauptsächlich die andere.

»Und dir eine Steilvorlage für dein wundervolles Leben mit dem wohlhabenden Bernd Meyer liefern? Niemals!«

Thea zupfte am Blazer und knöpfte ihn zu.

Erna schürzte die Lippen.

»Schade eigentlich. Aber gut.«

Sie öffnete den Blazer, legte die Hände an die Taille und drehte sich seitlich. »Wann möchtest du dieses Outfit tragen? Ich probiere es für unser Klassentreffen an.«

Wie vor den Kopf geschlagen, starrte Thea ihre ehemalige Schulkameradin an.

»Was denn? Jetzt sag nicht, dass das auch dein Plan gewesen ist.«

»Eigentlich schon, aber ich werde mich hüten und das Gleiche anziehen wie du.«

Dieses Zusammentreffen ärgerte Thea bereits, sie mochte das, was sie da trug, und sie wollte auf gar keinen Fall Erna das Feld überlassen. »Obwohl ich finde, dass es dir nicht so gut seht. Das Blau ist zu dunkel für deinen Teint.« Das war raffiniert, da es das Kostüm nur in dieser einen Farbe gab.

»Meinst du?« Erna drehte sich von links nach rechts. Sie wirkte nicht überzeugt. Kurzzeitig schwiegen beide Frauen, zupften hier und zogen dort.

»Sag mal, wen bringst du mit?«, fragte Erna nur Sekunden später. »Unser Jan kann dich ja leider nicht mehr begleiten.«

Thea verzog das Gesicht.

»Er war niemals *unser* Jan, sondern immer nur meiner!«

»Wie dem auch sei, wer begleitet dich?«

Erna wusste nicht, dass die Ehe zwischen Thea und Jan kinderlos geblieben war, da sich die beiden Frauen nach der Schule möglichst aus dem Wege gingen. Fieberhaft zermarterte sich Thea das Hirn und spuckte kurz darauf, auch zu ihrer eigenen Überraschung, einen Namen aus:

»Theresa, meine Enkelin.«

Was hatte sie da eben gesagt? Ausgerechnet ihre Nachbarin Theresa mit den bunten Haaren, die sich nicht wirklich zu benehmen wusste, sollte als ihre Enkelin durchgehen? Aber Thea lächelte tapfer und verzog keine Miene.

»Oh … wundervoll. Ich bringe Lasse mit. Er ist Rechtsanwalt.« So impulsiv und ohne rot zu werden hatte Erna noch nie gelogen. »Was macht deine Theresa beruflich?«

Thea meinte sich zu erinnern, dass die junge Frau beim Zahnarzt arbeitete.

»Sie ist Zahnärztin.«

Erna legte die Hand vor den Mund.

»Wie erfreulich.«

Dieses Gefühl hatte sie ganz und gar nicht, wackelten ihre Prothesen doch wie ein Lämmerschwanz, aber dass Theas Enkelin Ärztin war, beeindruckte sie schon. Zum Glück hatte sie Lasse nicht als Gärtner vorgestellt.

»Ja und so praktisch«, setzte Thea einen obendrauf. »Die Zähne sind in Schuss, und es ist auch gar nicht mehr so teuer.«

»Das geht mir mit Lasse genauso. Letztes Jahr gab es wirklich große Probleme mit einem Dachdecker. Falsche Farbe und Form, aber er wollte nicht nachbessern. Da war Lasse einfach grandios. Schon sein erster Brief hatte die Handwerksfirma so eingeschüchtert, dass mein Dach zwei Wochen später so aussah, wie ich es gewollt hatte.« Sie hoffte inständig, dass Thea niemals ihre Ziegel zu sehen bekäme! Denn sie hielten dicht, aber wirkten alt, und an einigen Stellen wuchs durch den benachbarten Auwald Moos auf ihnen. Die Frauen zogen sich in ihre Kabinen zurück.

»Ich denke, du hast Recht. Ich sollte mir ein anderes Kostüm aussuchen, die Farbe macht mich tatsächlich etwas blass«, ließ Erna verlauten und verschwand hinter dem Vorhang.

»Ich auch, der Rock wirft komische Falten an den Nähten.«

Keine von beiden verspürte Lust, weiter nach Kleidung zu suchen. Wenig später verließen sie die Umkleiden und hielten die Kleidungsstücke über den Arm gehängt. »Ich muss noch zu den Strümpfen. Wir sehen uns in vier Wochen!« Thea wartete nicht auf eine Antwort und tat den ersten Schritt.

»Und? Wie passte Ihnen das Kostüm?«, fragte die schwarzhaarige Verkäuferin, die sofort entgegen kam. Besonders laut antwortete Thea:

»Nicht so gut, der Rock wirft unschöne Falten.«

»Das ist aber ärgerlich. Geben Sie mir die Sachen, ich hänge alles für Sie weg.«, bot sich die Verkäuferin an.

»Nein, danke. Das mache ich schon selbst.«

Die Kaufhausangestellte zog sich zurück.

»Sag mal! Fährst du eigentlich noch Auto?«

Thea sah auf.

»Warum? Soll ich dich nach Hause bringen?«

»Nein, nein«, wiegelte Erna mit fuchtelnden Händen ab. »Ich frage nur, weil es doch immer wieder diese Diskussionen mit uns Alten und dem Führerschein gibt.«

»Ach, das meinst du. Ja, ich fahre noch Auto, jedoch bin ich derzeit für einen Monat ein glücklicher Straßenbahnfahrer.«

»Du fährst mit der Bimmel? Wieso das?«

Erna war erstaunt.

»Ich wurde geblitzt!«

»Nein!«

»Doch! 25 km/h zu schnell.«

»Du Raserin«, antwortete die blonde Frau entsetzt. Wenn Thea noch fuhr, dann würde sie auf keinen Fall zugeben, dass sie am Tage ihres 70sten Geburtstags den Führerschein freiwillig abgegeben hatte. »Ich fahre auch weiterhin. Aber Rolf ist gerade beim TÜV.«

»Rolf?«

»So heißt unser Auto«, erklärte Erna.

»Warum gibt man einem Fahrzeug denn einen Namen?« Thea kratzte sich an der Schläfe.

»Weil es ein ganz besonderer Wagen ist.«

»Ach ja?«

»Ein Mercedes Benz von 1984. Ein V5, mit 8 Litern Hubraum und 231 kW.«

Irgendwas war daran falsch, das spürte Erna ganz

genau, obwohl sie niemals sagen könnte, was es war. Außerdem war sie sicher, dass Thea Rohde davon sowieso kein bißchen verstand und den Schwindel gar nicht bemerken würde. »Also fahre ich heute und morgen Taxi. Beifahrer zu sein, ist auch mal ganz schön.«

»231 kW? Damit hast du wirklich viel Leistung. Meinst du, dass das noch das richtige Fahrzeug für dich ist?«

»Das fragt die mit dem Blitzbild.«

Erna schnalzte mit der Zunge.

»Deine Entscheidung«, ruderte Thea zurück. »Aber Straßenbahnfahren hat auch seinen Reiz.«

»Wenn du es sagst. Ich muss nun leider weiter. War schön, dich zu sehen, Thea.« Sie drehte sich um, hob die Hand zum Gruß. Thea tat es ihr gleich. Immerhin benötigte sie noch eine Strumpfhose für ihr neues Kostüm.

Was war denn das, fragte sich Erna Meyer auf dem Weg zum Taxistand, nachdem sie unten an der Kasse das Kleid und die weiße Bluse bezahlt hatte. Sie hatte gelogen und nicht nur einmal, sondern viele Male, und zwar ohne rot zu werden oder sich schlecht zu fühlen. Warum nur hatte sie das Bedürfnis, mit Thea mithalten zu können? Weshalb reichte ihr nicht, was sie konnte, wusste und besaß? Wieso gab sie an wie eine Lore voller nackter Affen? Und nun musste sie Lasse auch noch fragen, ob er für einen Abend ihren Enkelsohn und Rechtsanwalt spielen würde.

»Was habe ich da nur angestellt?«

Sie öffnete die Tür des ersten Taxis. Zu Hause angekommen, klemmte Erna den Wäschereischnipsel für ihr Kostüm an den Kalender. Die neue Bluse und andere weiße Kleidungsstücke holte sie aus dem Badezimmer und brachte alles in den Keller. Die Waschmaschine setzte sich quietschend in Bewegung, als sie die Stufen zum Empfangsbereich hoch stieg. Was für ein seltsamer Tag. Sie schaute nach, wann Lasse das nächste Mal kommen würde. Traurig bemerkte sie, dass es im Hinblick auf den Feiertag nicht dieser Freitag sein konnte. Aber hatte er ihr nicht irgendwo die Privatnummer aufgeschrieben wegen einer gemeinsamen Fahrt mit Rolf? Erna grübelte, kochte sich einen Tee und zog in den mit Palmen bestückten Wintergarten weiter. Anschließend verbrachte sie einige Stunden bei ihren Puppen und genoss die Oper, die durch das Haus bis in den letzten Winkel schallte. 4

Am nächsten Morgen klingelte es bei Thea an der Tür. Sie öffnete.

»Ein Paket für Frau Hammer. Würden Sie das für sie annehmen?« Der Bote kam die Stufen hoch und stellte einen Karton auf Theas Fußmatte.

»Natürlich.«

»Dann bitte hier unterschreiben.«

Der Mann hielt ihr das Gerät hin. »Ich werfe einen Zettel in Frau Hammers Briefkasten, damit sie Bescheid weiß.«

Thea nahm den Karton und stellte ihn unter ihre Garderobe. Das Schicksal war an diesem Tag ihr Freund, denn wenn Theresa nachher klingeln würde, bekäme sie so die Möglichkeit, die junge Frau als Enkeltochter zu rekrutieren. Thea Rohde überlegte, wie sie es anfangen sollte, spann viele Szenarien durch und verwarf diese meist, bevor sie wirklich Gestalt angenommen hatten. Zwar schien das Verhältnis zwischen ihnen etwas entspannter, was Theas Geschenk geschuldet war. Doch als gute nachbarschaftliche Beziehung konnte man das bei Weitem noch nicht bezeichnen. Theresa veranstaltete keine Treppenhauspartys mehr, und diese schreckliche Musik, die sie hörte, war jetzt selten so laut, dass sie durch Wände und Türen drang. Und sie grüßten sich nun sogar. Theresa war freundlich, wenn auch irgendwie verrückt. Allein ihre Haarfarben demonstrierten das. Dreifarbig! Lila am Ansatz bis zum Kinn, Fuchsia bis zu den Schultern und die Spitzen bis zu den Schulterblättern in Bonbonrosa. Dazu trug sie permanent Schwarz als Kontrast. Nun gut, jeder nach seiner Fasson. Das Thema Toleranz hatte sich die Rentnerin extra breit auf die Stirn geschrieben, denn immerhin waren ihr Friede und ein wenig Ruhe sehr wichtig geworden.

Sie kochte Milch auf. Es wurde mal wieder Zeit für eine große Portion Milchreis mit Zucker und Zimt. Die Witwe rührte im Topf, als das kleine und natürlich schwarze Auto von Theresa vorfuhr und parkte. Sie legte den Deckel auf, schnappte nach Luft, wappnete sich für das Gespräch und lief in den Flur. Sie hörte die Haustür, und gleich darauf klickte auch Theresas Wohnungstür ins Schloss. Thea stöhnte erleichtert auf. Eine Schonfrist.

Erst am Nachmittag klingelte es, und die Schonfrist war vorüber.

»Hallo Frau Rohde.«

»Guten Tag Theresa.«

»Sie haben ein Paket für mich?«

Die junge Frau lächelte.

»Ja, habe ich«, bestätigte die Rentnerin. Sie knetete nervös die Hände. »Würden Sie kurz hereinkommen, Fräulein Theresa? Ich hätte eine Bitte an Sie und möchte das nicht im Hausflur besprechen.«

Nun war es raus. Der Anfang war gemacht. Jetzt galt es zu hoffen. Theresa wirkte überrascht.

»Ja, kann ich! Aber ich bekomme dann auch mein Paket?«

»Selbstverständlich«, gluckste Thea und trat beiseite.

»Warten Sie kurz!« Theresa flitze zu ihrer Wohnung, angelte sich den Schlüssel und zog die eigene Tür zu.

»Interessante Hausschuhe«, bemerkte Thea und schaute auf die plüschigen rosa Hasen an den Füßen der jungen Frau.

»Interessant? Wohl eher süß, plüschig und warm. Ich hab doch immer so kalte Füße, und ich fand diese Teile heiß, deshalb musste ich sie haben.« Theresa ließ die Ohren der Hasenschuhe wackeln.

»Sehr niedlich«, musste die Rentnerin zugeben.

»Möchten Sie etwas trinken?«

»Oh, es dauert länger?«

Erstaunt hob sie die Augenbraue.

Thea zuckte die Schultern.

»Keine Ahnung. Vielleicht.«

»Gut, ich trinke, was Sie trinken, Frau Rohde.«

»Das möchten Sie bestimmt nicht! Mir schmeckt es selber nicht, was ich trinke, das biete ich niemandem an.«

Thea winkte sie in die Küche und zeigte ihr die Kaffeepackung mit dem Frischhalteverschluss.

»Kaffee! Ist doch klasse.«

Die Rentnerin deutete auf den Zusatz.

»Pfui. Entkoffeiniert. Warum trinken Sie den, wenn er Ihnen noch nicht einmal schmeckt?«

Theresa setzte sich.

»Ich mag Kaffee sehr gern, jedoch verkraftet mein Herz den normalen nicht mehr. Und Sie kennen das doch bestimmt mit den Gewohnheiten und so, ganz ohne fehlt mir etwas, also nehme ich diesen.«

»Das verstehe ich. Haben Sie Wasser?«

Die Rentnerin lachte. »Natürlich«

Wenig später saßen sie sich gegenüber und musterten sich schweigend.

»Ähm … sagen Sie doch, was los ist, Frau Rohde! Mit Anschweigen kommen wir nicht weiter, und ich habe noch anderes zu tun.«

Thea trank einen Schluck Kaffee, atmete tief ein und

sagte: »Ich brauche Sie für ein Klassentreffen Anfang Juni als Enkeltochter.«

»Ist nicht Ihr Ernst!« Unglaube zeigte sich auf dem Gesicht ihrer Nachbarin.

»Doch«, bestätigte die Rentnerin.

»Aber warum?«

Thea Rohde war froh, dass sie nicht aufsprang, ihr Paket schnappte und verschwand.

»Das ist eine etwas längere Geschichte.«

»Okay! Ich hole mir jetzt einen richtigen Kaffee, bringe das Paket rüber und bin in Null-Komma-Nix wieder hier.«

»Wirklich?« Irgendwie zweifelte Thea daran und doch hoffte sie, dass die junge Frau zurückkam. Sie tat es. Theresa klingelte fünf Minuten später mit einer dampfenden Kaffeetasse in der Hand, die die Größe eines 500ml-Messbechers besaß.

»Ich danke Ihnen so sehr, Theresa!«

»Kein Ding! Eigentlich bin ich auch nur super neugierig.«

»Aha«, erwiderte Thea vage.

»Küche oder Wohnzimmer?

»Wohnzimmer.«

Gemeinsam setzten sie sich auf das Ledersofa, und der Blick der jungen Frau blieb an dem Strickzeug hängen. »Danke übrigens für den Schal, die Mütze und die Handschuhe. Ich habe sie schon oft getragen. Vor allem, weil die Wolle nicht so kratzig und die Farben wirklich toll sind.«

»Gern geschehen.« Thea freute sich sehr über das Lob und den Dank.

»Also los, Frau Rohde. Erzählen Sie mal, warum sie mich als Enkelin haben wollen.«

Das Lachen der jungen Frau und ihre Neugier machten es leichter, ihr von Erna und Jan zu erzählen, aber auch über die Einladung und die Bedingung zu reden. Als Thea zu der Begegnung im Kaufhaus kam, klappte Theresa der Mund auf.

»Sie haben gesagt, ich sei Zahnärztin?«

Die Rentnerin nickte zaghaft.

»Ich bin Zahnmedizinische Fachangestellte! Das heißt, ich weiß schon etwas von den Beißerchen, aber Zahnärztin? Echt jetzt?« Theresa rieb sich die Augen. »Zahnärztin? Ich bin 21, also auch noch ein Genie, weil ich ja mit dem Studium fertig sein muss. Das ist krass!«

»Es tut mir leid, Theresa.«

»Ehrlich, Sie kommen auf Ideen … Obwohl die mit dem Blitzer und dem Fahrverbot echt zu geil ist. Wie kann man sich nur so etwas so schnell ausdenken, wenn man doch schon alt ist?«

»Na, danke. Mein Kopf ist fit! Im Gegensatz zu meinem Herzen oder den Augen.«

»Sie haben die Ohren vergessen«, erinnerte die Enkelin in spe direkt.

Thea schnaufte. »Ja, die auch.«

»Und es geht nur um den 4. Juni?«

»Genau, ab 18 Uhr. Und da wir ja alle schon steinalt, taub, mit Medikamenten vollgepumpt und nach zwei

Stunden müde sind, ist der Spuk spätestens um 22 Uhr vorbei.«

»Und was habe ich davon?«

Theresa lehnte sich vor.

»Einen unvergesslichen Abend!«

Thea grinste breit.

»Ja nee, is klar!« Sie lachte herzhaft. »Im Ernst, Frau Rohde, was bekomme ich dafür?«

»Mal überlegen.« Die ältere Dame fuhr sich sehr lange mit der Hand über das Kinn. »Etwas Hübsches zum Anziehen. Kleidung, die Sie erwachsener wirken lässt, und einen Friseurbesuch schenke ich Ihnen außerdem.«

»Mit den Klamotten bin ich einverstanden, aber zum Friseur gehe ich nicht.«

»Aber Ihre Haare sehen gar nicht akademisch aus«, erklärte Thea.

»Ich bin ja auch keine Akademikerin!«

»An dem Tag schon.«

»Ich färbe sie mir doch nicht für einen Tag!«

»Vielleicht eine Perücke?«, schlug die Rentnerin vor.

»Nein! Wenn meine Haare bleiben, wie sie sind, werde ich die Enkeltochter spielen. Ich würde sogar einen Hosenanzug oder ein Kleid anziehen, aber an die Mähne geht mir keiner!«

Sie verschränkte die Arme.

Thea atmete einmal tief ein, hielt die Luft an und ließ sie langsam wieder raus.

»Einverstanden! Soll ich dich Theresa oder Resa

ansprechen?«

»Na dann, Oma«, sie grinste schelmisch.

»Nenn mich Resa.«

***

Die nächste Zeit verging wie im Flug. Oma und Enkeltochter trafen sich jede Woche zweimal, um sich voneinander zu erzählen. Sie verknüpften einige Erlebnisse miteinander, da beide eine Schwäche für Musicals und Schlager hatten. Sie schauten sich angeblich gemeinsam den »König der Löwen«, »Tarzan«, »Tanz der Vampire« und »Disneys Aladin« an. Außerdem besuchten sie zusammen ein Helene-Fischer-Konzert. Italien war tatsächlich ihrer beider Lieblingsurlaubsland, und Resa kam zu dem Schluss, dass Thea den besten Milchreis auf der ganzen Welt kochte. Sie las wissbegierig noch ein paar Dinge über Zahnmedizin im Internet nach. Besonders die Dauer des Studiums und der Aufbau weckten ihr Interesse. Natürlich musste sie erfahren, wie das mit dieser Doktorarbeit funktionierte. Manchmal zweifelte sie an der Entscheidung, doch ihre Nachbarin bekochte sie wundervoll und spätestens nach dem Shoppingtag gab es kein Zurück mehr.

Es war ein Samstag. Genau eine Woche vor dem Klassentreffen schlenderten Resa und Thea ausgelassen durch die Leipziger Innenstadt. Immer, wenn die junge Frau in einen Laden verschwinden wollte, der Theas

Meinung nach auf gar keinen Fall die richtigen Kleidungsstücke anzubieten hatte, zog sie sie am Gürtel zurück und freute sich diebisch über das genervte Gesicht der 21jährigen. Resa revanchierte sich auf gleiche Weise, wenn ihre *Oma* in ein sehr altmodisches Geschäft verschwinden wollte. »Vergiss es, Thea! Diese Fummel zieh ich doch nicht an.«

»Das wird schwerer, als ich dachte.«

Resa nickte bestätigend.

»Ich habe eine Idee! Ich war vor vier oder fünf Jahren in einem sehr schönen Laden, weil ich ein Abikleid brauchte.«

»Ich denke, du hast kein Abitur.«

»Hab ich auch nicht! Ich war die Begleitung von meinem damaligen Freund.«

»Aha! Wo müssen wir hin?«

Resa lotste die Rentnerin durch die halbe Stadt und dann in ein alteingesessenes Modehaus.

»Ehrlich? Hiervon bist du begeistert?«

Thea verstand die Welt nicht mehr.

»Na ja, sie hatten auf jeden Fall wunderschöne Kleider.« Sie gingen hinein.

»Also, dann lass uns etwas Schönes für dich suchen. Muss es unbedingt Schwarz sein?«

»Ja, ich mag Schwarz, aber wir können Weiß dazu kombinieren. Wenn es ein Hosenanzug werden sollte, vielleicht eine weiße Bluse dazu.«

Resa lächelte.

»Entweder Schwarz oder Schwarz-Weiß, das nenne

ich eine Auswahl.«

Thea verdrehte die Augen.

Keine Stunde später standen die beiden Frauen an der Kasse, und Thea starrte Resa verblüfft an.

»Ich bin verwundert.«

»Warum?« Resa schob die Kleidungsstücke auf den Tresen.

»Weil du dich so unkompliziert angestellt und so entschieden hast.«

»Na hören Sie mal, Frau Rohde. Ich bin schon groß und durchaus in der Lage, dem Anlass entsprechende Klamotten zu finden.«

»Oma, bitte«, verbesserte Thea. »Das sehe ich, Kind. Und doch erstaunt und beeindruckt es mich gleichermaßen.«

»Pfff«, kam es nur zurück.

»136,90 Euro zusammen«, verlangte die Kassiererin.

»Du bist eine sehr brave Enkeltochter. Obwohl du richtig hättest zuschlagen können, plünderst du mich nicht bis aufs Hemd aus.«

»Warum sollte ich? Ich mag deinen Milchreis! Dieses Mittagessen verbaue ich mir doch nicht, indem ich dir die Rente aus der Tasche ziehe.« Thea bezahlte und nahm den schwarzen Hosenanzug und die ärmellose, weiße Bluse mit dem Kragen, den man auf der Brust zu einer Schleife band, entgegen. Sie verließen das Kaufhaus und schlenderten zurück zum Auto.

»Wann bist du geboren?«, fragte Thea ohne Vorwarnung.

»Am 22. Februar 1995, ähm …«

»Oh, Resa, gleich bei der ersten Frage ein Sprung ins Fettnäpfchen.«

»Entschuldigung.«

»Hast du die Liste noch?«

»Ja«, antwortete die Leihenkelin genervt. Diese blöde Aufstellung mit den Daten und Ereignissen lag auf Resas Sofatisch. Eigentlich konnte sie sich all das gut merken, doch ihr erfundenes 1990er Geburtsdatum speicherte ihr Gehirn einfach nicht ab.

»Versprichst du mir, ab heute Abend jeden Tag alles noch einmal durchzugehen? Und wenn du einen Anreiz brauchst, wie wäre es mit einem Paar schicker Schuhe, um deinen Auftritt am Samstag zu komplettieren?«

Dieser Geburtsjahrfehler stimmte Thea nervös. So froh sie auch war, dass Resa ihre Enkelin mimte, so unruhig machte sie die Aussicht, sich bis aufs Blut zu blamieren, falls noch am selben Abend herauskommen würde, dass Theresa gemietet war.

»Ich hätte es auch ohne diesen Anreiz gemacht, aber wenn du es schon anbietest. Ja, lass uns Schuhe shoppen!« Resa klatschte vor Begeisterung in die Hände und hakte sich bei Thea unter.

Zwei Stunden später sank Thea Rohde vollkommen erschöpft auf den Beifahrersitz.

»Hätte ich gewusst, dass deine Passion Schuhe sind, diese Idee wäre niemals über meine Lippen gekommen. Bitte entschuldige die Ausdrucksweise, aber du bist absolut bekloppt! Wie viele standen um uns herum? Zehn Paar? Fünfzehn?«

Resa lachte und startete den Wagen.

»Bekloppt mit Schuhen, das passt schon, und es waren dreizehn. Ich bin selbst ganz erstaunt, dass es nur drei von ihnen mit nach Hause schaffen.«

Thea lachte jetzt mit, Resa stellte Helene Fischer mit »Atemlos« ein wenig lauter, und gemeinsam singend fuhren sie heim.

5

Erna fand Lasses Telefonnummer an dem Freitag nach Christi Himmelfahrt. Der Zettel klebte an der Seite des Kaffeevollautomaten, dort wo sie ihn extra positioniert hatte, weil sie Kaffee immer mit ihm verband. Erst zögerte sie, da dieser Feiertag gleichzeitig auch Vatertag hieß. Sie wusste genau, dass nicht nur Väter sich an diesem Tag betranken und am nächsten vollkommen erledigt waren, doch dann wählte sie entschlossen seine Nummer.

»Kühn«, meldete sich Lasse.

Erna atmete auf. Er klang nicht verkatert.

»Hallo Lasse, hier ist Erna Meyer.«

»Hallo Frau Meyer, wie komme ich denn zu … Moment! Wollen Sie etwa Rolf ausfahren?«

Die Rentnerin kicherte.

»Ja, genau deshalb rufe ich an.«

»Heute?«

»Ja, wenn du Lust und Zeit hast?«

Sie setzte sich in ihren Sessel im Wintergarten.

»Sehr gerne sogar. Kann ich Leonard mitbringen? Er liegt auch auf einer Decke und ist ein artiger Kerl. Versprochen!«

»Wer ist Leonard?«, fragte die Rentnerin verwundert.

»Mein Hund. Wenn ich unterwegs bin, kommt er eigentlich immer mit. Haben sie etwas gegen Hunde?«

»Nein, ich denke nicht.« Erna zuckte mit den Schultern. Diese Frage konnte sie nicht beantworten, da sie noch nie mit Vierbeinern zu tun hatte. »Aber er pinkelt doch nicht auf Rolfs Sitze, oder?«

Lasse lachte. »Keine Sorge, Frau Meyer, das tut Leo nicht!«

»Gut, dann bring ihn mit.«

»Wann dürfen wir bei Ihnen sein?«

»Um Drei, wir fahren Kaffeetrinken und gönnen uns ein leckeres Stück Torte.«

»Okay. Kaffee und Kuchen. Wird das so ein altmodisches Date, Frau Meyer?«

Er zog sie auf, das wusste Erna ganz genau. »Wer weiß das schon. Bis nachher, Lasse.«

»Tschüss, Frau Meyer.«

Noch bevor die Leitung getrennt wurde, hörte sie ein Bellen. Es klang nach einem großen Hund.

Ein schwarzer Kombi fuhr kurz vor drei auf die Einfahrt der Stadtvilla und parkte am Rand. Erna Meyer spionierte am Fenster und sah interessiert dabei zu, wie Lasse eine kleine Rampe von den hinteren Sitzen nahm, die Kofferraumklappe öffnete und sie anlegte. Da stieg kein Schäferhund aus, das erkannte Erna sofort. Lasse sagte etwas und Leonard setzte sich. Er warf die Rampe in den Kofferraum, verschloss ihn und zog eine Decke sowie eine Leine vom Beifahrersitz. Erstaunt sah Erna zu, wie der Hund zwar jede seiner Bewegungen mit dem Kopf verfolgte, sich aber nicht vom Platz bewegte. Lasse schloss ab, trat vor Leo, leinte ihn an, und zusammen kamen sie auf das Haus zu. Erna zog sich vom Fenster zurück und ging gemächlich die Stufen nach unten in den Empfangsbereich.

Sie hörte »Sitz, Leonard!«, dann läutete die Türglocke. Die Rentnerin lächelte und öffnete langsam die Haustür. »Hallo Lasse«, begrüßte sie ihren Gärtner, den sie erstmals in Freizeitkleidung sah, und warf anschließend einen prüfenden Blick auf den Hund. Rotbraunes Fell glänzte in der Sonne, seine Zunge hing weit aus dem Maul, und links und rechts davon seilten sich Sabberfäden auf ihre Fußmatte ab.

»Wir sind da!«, verkündete Lasse überflüssigerweise und mit geröteten Wangen.

»Das sehe ich! Und zusammen kann man euch auch wirklich nicht übersehen.«

Leonards Schnauze näherte sich Ernas Hose. Er schnüffelte gut hörbar. »Hallo Leonard«, sprach die Witwe ihn an und streckte die Hand aus. Sein Interesse richtete sich nun nicht mehr auf die Hose, sondern auf ihre beringte Hand. Nach kurzem Beschnuppern schob er den mächtigen Kopf schwungvoll unter ihre Handfläche, die Sabberfäden lösten sich und landeten klatschend auf dem Marmorboden.

»Fahren wir gleich los?«, fragte Lasse vorsichtig. »Nicht, dass Leo ihnen den ganzen Marmor voll sabbert.«

»Sabbert er denn immer so viel?«

Das Fell fühlte sich schön weich an, obwohl es kurz war. Erna ließ ihre Hand darüber fahren.

»Nö, aber ich habe ihm gerade ein Leckerli gegeben«, gestand der junge Mann.

»Ach so. Gut, dann hole ich jetzt nur Tasche und Schlüssel.«

»Wir warten vor der Garage.«

Erna nickte und verschwand im Haus.

»Komm, mein Junge!« Lasse und Leo schlenderten über die Einfahrt zum großen Garagentor. Es fuhr summend in die Höhe und gab den Blick auf den wunderschönen Oldtimer frei. »Krass«, entfuhr es Lasse, und er knautschte Leonards Schnauze übermütig, »ich darf diesen Wagen wirklich fahren.«

»Hier«, sagte Erna und reichte Lasse die Autoschlüssel. Ehrfürchtig streckte er die Hand aus, um sie entgegenzunehmen und grinste wie ein kleiner Junge. »Sie wissen gar nicht, wie aufgeregt ich bin, Frau Meyer.«

Schnell zog sie den Zündschlüssel zurück.

»Kannst du denn vor lauter Nervosität fahren?«

»Jetzt übertreiben Sie aber! Ich bin nicht nervös, sondern voller Vorfreude. Das ist ein Unterschied. Los, her mit den Schlüsseln.«

Erna lachte und ließ den Autoschlüssel los.

»Da kann es jemand wirklich kaum erwarten.«

»Eigentlich habe ich nur Hunger!«, erwiderte der junge Mann trocken und lief zum Mercedes. Leonard folgte ihm. Lasse öffnete die Wagentür hinter dem Fahrersitz und breitete die Decke auf den Polstern aus. Kurz darauf spähte er über das Wagendach. Erna lächelte ihn an.

»Und ich soll dir jetzt glauben, dass du dich mehr auf

den Kuchen, als auf das Fahren freust?«

»Tun Sie es denn?«

»Kein Stück, Lasse!«

Die Rentnerin öffnete die Beifahrertür. Nachdem sie saß, erklang ein »Hopp« von ihm, und der Wagen schaukelte leicht nach rechts. »Huch«, machte Erna und sah auf den Rücksitz. Nur wenige Zentimeter trennten ihre Nase von Leonards Schnauze. »Du bist ein ganz schöner Brocken, wenn du Rolf so zum Wanken bringen kannst«, sagte sie beeindruckt. Die Tür schlug zu und die Fahrertür öffnete sich. »Na, beschnuppert ihr euch gerade?«

Leo bellte und hechelte ihr seinen seltsam riechenden Atem entgegen.

»In der Tat. Aber dein Hund müffelt aus dem Maul!« Sie richtete ihren Blick wieder auf die Windschutzscheibe. Lasse lachte und schwang sich auf den Fahrersitz. »Ja, das tut er.« Den Sitz musste er nicht einstellen. Nur den Spiegel, den sein Hund vollkommen ausfüllte, justierte er.

»Platz, Leo!«

Der braune Riese gehorchte und legte sich hin. Genüsslich umschloss der junge Mann das Lenkrad und strich beidseitig daran entlang.

»Ganz plötzlich verspüre ich das Bedürfnis, mir die dünnen und gelochten Lederhandschuhe überzustreifen.«

»Das ist jetzt nicht dein Ernst?!« Kopfschüttelnd lächelte Erna. »Das ist kein Sportwagen!«

»Das weiß ich, und doch fände ich das ziemlich geil«, gestand Lasse.

»So so, geil also. Sehr interessant, dass ihr jungen Leute dieses Wort heutzutage in Verbindung mit Autos verwendet.«

Er zog eine Grimasse und steckte den Schlüssel ins Zündschloss. »Sicher, Frau Meyer?«

»Ja«, sagte Erna voller Begeisterung und klatschte einmal kurz vor Aufregung in die Hände. Plötzlich fühlte sie sich wieder jung, und Euphorie strömte durch ihren Körper.

Beide schnallten sich an. Der V8 erwachte zum Leben. Lasse ließ für Leonard das Fenster etwas herunter und verließ die Garage.

»Ein Wahnsinnssound, Frau Meyer. Und diese Automatik hat durchaus ihren Reiz.«

»Ich höre Rolf auch sehr gerne«, gestand sie leicht verträumt und lehnte sich zum Seitenfenster, um die Umgebung zu betrachten. Sie fuhren durch Leipzig Richtung Norden, vorbei am alten Messegelände und am Völkerschlachtdenkmal. Erna navigierte ihn zum Cospudener See, viel charmanter als jede Navigationsstimme es vermochte.

Sie durchquerten Markkleeberg.

»Ich liebe die Kuchen und Torten in dem Kaffee am Pier 1«, plapperte Erna kurz vor der Ankunft. »Letztes Jahr war ich dort mit Caroline, und diese leckeren Torten ...«, sie seufzte verzückt.

»Ich war ewig nicht mehr da, muss ich gestehen. Als

ich jünger war«

»Du bist jung«, echauffierte sich Erna.

Lasse verdrehte die Augen.

»Okay, als ich noch ziemlich klein war. Besser?«

Die Rentnerin nickte.

»Auf jeden Fall waren wir hier zum Baden, und es gab Eis.«

»Eis gibt es immer noch, wenn du das lieber magst?«

»Nein, ich freue mich auf unser Date mit Kuchen.« Er zwinkerte.

Wenig später saßen sie an einem Tisch unmittelbar neben dem Steg, der weit in den See reichte und an dem viele kleine Boote schaukelten. Die Sonne schien warm, eine milde Brise, versetzt mit köstlichem Kaffeearoma, strich über die Holzplanken, unter denen sich Fischschwärme tummelten.

Vor Erna stand ein Stück Erdbeerkuchen mit frischer Sahne und eine große Tasse Tee. Er schmeckte nicht so gut wie die edlen Sorten, die sie zu Hause hatte. Aber er passte zu den Beeren. Lasse hatte sich für zwei Stück Sachertorte entschieden und einen Cafe au lait in XL. Unter ihnen schmatzte Leonard an einem Kauknochen.

»Lasse?«, begann die Rentnerin, die nun endlich ihre Karten auf den Tisch legen wollte.

»Hm?«, machte er nur, weil gerade ein großes Tortenstück in seinem Mund gelandet war.

»Ich habe ein Attentat auf dich vor, weil ich ein wenig in der Bredouille stecke.«

»Etwas Schlimmes? Klar helfe ich Ihnen!«

»Aber du weißt doch noch gar nicht, um was es geht«, lenkte Erna Meyer vorsichtig ein.

Er schluckte runter.

»Na dann, setzen Sie mich ins Bild, und ich bestätige trotzdem, was ich gerade gesagt habe.«

Er lächelte sie an.

»Das ist lieb.« Sie nickte, holte tief Luft, trank einen Schluck Tee und sagte: »Ich möchte in einem Monat zu einem Klassentreffen, und auf der Einladung steht: Mit Partner oder Enkelkind. Du weißt, Bernd ist ja leider tot, Caroline kann nicht kommen, und ich habe Thea Rohde, einer ehemaligen Klassenkameradin, Anfang der Woche beim Einkaufen erzählt, ich würde meinen Enkel mitbringen. Du bist mir sofort in den Sinn gekommen, und um dem Fass die Krone aufzusetzen, habe ich einen Rechtsanwalt aus dir gemacht.«

Sie atmete ein paar Mal hastig ein und aus, so schnell waren die Worte vor lauter Nervosität heraus gesprudelt. Lasse starrte sie mit offenem Mund an. »Ist nicht Ihr Ernst!«

Zaghaft nickte Erna. »Doch, leider schon. Sie hat mich so bedrängt mit ihrer Enkelin, die Zahnärztin ist. Ich musste etwas ähnlich Wichtiges bringen.«

Auch wenn Erna den Rechtsanwalt noch vor der Zahnärztin in die Waagschale geworfen hatte, war sie nun davon überzeugt, es sei umgekehrt gewesen.

»Und ich soll jetzt ihren Enkelsohn, einen Rechtsanwalt, spielen?« Lasse konnte es nicht glauben.

»Glauben Sie etwa, dass mein Job nicht gut genug ist?«

»Nein, nein, Lasse, so ist das nicht! Ich finde den Beruf des Gärtners äußerst wichtig ...«

Der junge Mann schnitt ihr das Wort ab.

»Ich bin Garten- und Landschaftsbauer, kein Gärtner!«

»Entschuldige. Nennt man den Beruf jetzt so?«

»Ja, eine Weile schon«, antwortete Lasse mürrisch.

»Gut. Ich merke es mir.« Erna lächelte versöhnlich, immerhin wollte sie ihn als Enkelsohn haben. »Also, ich schätze deine Arbeit als Garten- und Landschaftsbauer sehr, doch du hast nicht studiert, und bei Thea musste ich eben gleichziehen.

»Täuscht das, oder können sie einander nicht gut leiden und gönnen der anderen die Butter auf dem Brot nicht?« Lasse aß seine Torte weiter, behielt die alte Dame aber im Blick. »Werden sie gerade rot, Frau Meyer?«

Erschrocken legt die Rentnerin die Hand an die Wangen. »Natürlich nicht!«, beharrte sie stur.

»Doch, ich sehe es ganz genau«, piesackte er sie weiter.

»Ist ja gut. Irgendwie ist mir das alles ein bisschen peinlich, aber wenn ich mich vor dir blamiere, ist mir das eintausend Mal lieber, als Thea Rohde kampflos das Feld zu überlassen!«

Lasse lachte.

»Eine ganz neue Seite an Ihnen. Ich bin entsetzt und amüsiert zugleich. Aber ich helfe Ihnen aus der Patsche.«

»Tatsächlich?«

»Yep! Also, weihen Sie mich in Ihren diabolischen Plan ein.«

Erna entspannte sich und streckte die beringte Hand über den Tisch. »Ich bin Erna, und du darfst gerne Oma zu mir sagen.« Lasse verschluckte sich an seinem letzten Schluck Kaffee.

»*Erna* und *Oma* beinhaltet dann auch das Duzen, Lasse!« Er schnaufte.

»Oma, du machst mich fertig.«

Er nahm ihre Hand und schüttelte sie.

»Sehr gut!«, entgegnete sie glücklich.

»Was? Dass Sie ... du mich fertig machst?«

Es fiel ihm sehr schwer, seine Kundin zu duzen.

»Nein, dass du Oma gesagt hast.«

»Das ist mehr als seltsam, aber wenn du es so möchtest.« Er beugte sich nach unten zu Leonard, der äußerst zufrieden seinen Knochen kaute und aufsah, als er ihn ansprach: »Leo, wir haben nun noch eine dritte Oma.«

Leo bellte kurz und kümmerte sich sofort wieder um Wichtigeres.

»Leo ist einverstanden, Oma. Nun erzählen Sie mir aber bitte mal, was ich auf Ihrem Klassentreffen anstellen muss. Soll ich nur für einen Tag Enkelkind spielen, oder ist das der Anfang einer längeren Farce?«

»Du, nicht Sie!« Er seufzte.

»Ich glaube, das wird das Schwierigste.«

»Hm ...«, erwiderte Erna.

»Kennst du dich denn in Jura aus?«

»Nein, warum sollte ich?«

»Dann wird die richtige Anrede nur das Zweitschwierigste.«

Lasse seufzte erneut.

»Bevor wir das Thema vertiefen, brauche ich mehr Koffein. Wollen … Willst du noch einen Tee, Oma?«

»Das war fast perfekt, mein lieber Enkelsohn.«

Er verdrehte die Augen. »Tee, Oma?«

»Ja, gerne.«

Die Rentnerin reichte ihm das Portemonnaie. Lasse steckte es eilig in die Innentasche seiner Jacke. Er wollte auf keinen Fall mit einer altrosa Geldbörse in Schlangenlederoptik und einer überdimensionalen goldenen Schnalle durch das Café gehen.

6

Der große Tag begann. Die Enkel dieser erfundenen Patenschaften waren bereit, geschult und völlig entspannt. Die beiden Rentnerinnen hingegen liefen herum wie aufgescheuchte Hühner.

Thea Rohde ließ sich von Resa zum Bayrischen Bahnhof chauffieren. Sie hatte Resa gegenüber auf den dunklen lilafarbenen Pumps bestanden, die ihre Enkeltochter zu dem anständigen Hosenanzug trug. Die bunten Haare der jungen Frau wurden durch einen französischen Zopf zusammengefasst. Für die Mittsiebzigerin schien es das Minimum dessen, was mit viel gutem Willen als akademisches Aussehen durchgehen konnte.

»Denk dran, es ist deine Praxis und nicht die deines Chefs. Und du bist wann geboren?«

»Omi«, begann Resa genervt. »Wenn du mir diese dämliche Frage noch einmal stellst, dann muss … muss ich dich hauen oder sogar boxen.«

»Das würdest du nicht tun!«

»Oh, doch! Finde es raus, wenn du mutig bist!«

Sie hob die Hand vom Schaltknauf und ließ eine Faust zwischen ihnen schweben.

»Trau dich, Thea, los!«

Die Rentnerin lachte.

»Du bist unmöglich, Kind.« Sie umschloss die Faust mit ihrer eigenen Hand und presste sie zurück auf den Schalthebel. »Bring du uns lieber heil ans Ziel, und ich werde schweigen bis dahin.«

Resa nickte.

Auf dem Parkplatz der Gaststätte fiel ihnen ein großer, alter Mercedes auf, der unmittelbar neben dem Eingang gleich zwei Plätze belegte, weil er schräg darauf stand.

»Guck dir das an«, meinte Thea vorwurfsvoll. »Sie schafft es nicht einmal mehr, ordentlich zu parken, aber Hauptsache, sie fährt noch Auto.«

»Das ist Ernas Schlitten?«

»Ja, ich kenne den Wagen. Ihr Mann fuhr ihn sonst immer«, erklärte sie bereitwillig. »Wie kann man nur so parken?«

Resa zuckte mit den Schultern.

»Das ist bestimmt nur eine Angewohnheit, die sie nicht lassen kann.«

„Bitte, Resa, nun verteidige sie nicht auch noch.«

»Mach ich doch gar nicht!«, protestierte die junge Frau und parkte ihren Wagen.

»Doch, tust du! Und das solltest du nicht. Sie hat Haare auf den Zähnen und ist bei jeder Gelegenheit bissig.«

Sie stiegen aus.

»Okay«, räumte Resa beschwichtigend ein. »Sie steht total beschissen.«

»Na also! Geht doch.« Thea lächelte zufrieden, richtete den Kragen ihrer hellblauen Bluse und zupfte den Rocksaum zurecht.

Resa stöckelte bereits zum Eingang des Gasthauses,

das über die Stadtgrenzen hinaus bekannt war. Die Rentnerin folgte ihr, und gemeinsam betraten sie die alte, umgebaute Bahnhofshalle. Eine Kellnerin brachte sie zu dem gemieteten Raum, und Heidi Eck kam ihnen auf einen Stock gestützt entgegen.

Sie begrüßte beide freundlich.

»Das mit Jan tut mir so leid, Thea. Es wäre wirklich schön gewesen, wenn er auch diesmal hätte dabei sein können.« Thea nickte.

»Danke dir, Heidi. Ja, das wäre es wohl.«

Resa streifte sie leicht mit der Hand am Oberarm.

»Ich bin Heidi, und du bist also Theas Enkelin?«

»Theresa«, ergänzte die Zahnärztin für einen Tag.

»Freut mich, dich kennenzulernen.«

Heidi drehte sich zu einem kleinen Tisch um und nahm eine Schüssel in die Hand. »Wer von euch möchte die Platznummer ziehen?«

»Du«, sagten Resa und Thea gleichzeitig und lächelten über die sie einigende Uneinigkeit. Sie sahen eine lange Tafel mit 12 Sitzplätzen auf beiden Seiten. Resa erkannte kleine Nummernkärtchen neben den Tellern. Jede Nummer gab es doppelt, nur der Buchstabe hinter der Zahl unterschied sich. Ein T und ein B. Resa spekulierte kurz. Das T ordnete sie einfach den Tauben zu, also den Alten und grinste frech. Bei dem B war sie sich sicher, es konnte nur für Begleiter stehen. Die Reihenfolge begann mit einem B, darauf folgten zwei Ts, dann wieder zwei Bs und so weiter. Die Reihenfolge endete mit einem einzelnen B, und auf der anderen Seite der Tafel spiegelte sich dieses Schema.

»Los, Oma, zieh du die Nummer! Es ist ja schließlich dein Klassentreffen.«

Thea Rohde griff in das Gefäß und beförderte einen Schnipsel mit der Ziffer 9 zutage. Sie flüsterte Theresa zu: »Ich hoffe inständig, dass Erna möglichst weit weg sitzt.« Sie sah sich um, konnte Erna Meyer aber nirgendwo entdecken.

»Das glaub ich dir sofort«, bestätigte die junge Frau, als sie zu ihren Plätzen gingen.

»Ich sehe sie nicht. Ob die eitle Ziege ihr Makeup richtet? Das da vorne ist übrigens Rudolph, Heidis Mann.« Thea deutete auf den gegenüberliegenden Anfang der Tafel, winkte und begrüßte den alten Mann freundlich. Auch den anderen vier Personen am Tisch nickte sie zu, und Resa folgte ihrem Beispiel. Anschließend zogen sie schwere, geschnitzte Holzstühle zurück und nahmen Platz.

»Und die zwei Paare auf unserer Seite sind Luzi und ihr Mann Max, dort links vorne, gegenüber von Rudi. Da am Ende sitzen Gerda und Paul. Die Frauen waren in meiner Klasse«, erklärte Thea Rohde. Sie hatte ihrer falschen Enkelin gerade noch Norbert und seine Frau Hildegard, sowie Ingeborg und August vorgestellt, als das Kostüm, das sie trug, ein zweites Mal im Raum erschien.

»Das ist nicht ihr Ernst«, echauffierte sie sich.

Resa folgte ihrem Blick.

»Das ist Erna? Die da in deiner Klamotte?«

»Ja«, zischte die Rentnerin.

Erna und ihr Enkelsohn, der Rechtsanwalt, bekamen nun ebenfalls die Schüssel gereicht. Heidi lächelte und deutete mit dem ausgestreckten Arm zu ihnen herüber.

»Das kann doch nicht wahr sein! Gleiches Kostüm, gleicher Platz, was soll das denn heute noch werden?« Thea verschränkte die Arme vor der Brust und starrte Resa finster an.

»Wolltest du dir nicht etwas anderes für diesen Tag kaufen?«, wollte Erna vorwurfsvoll wissen, als sie an der gegenüberliegenden Seite des Tisches anhielt. Zwischen ihren beringten Fingern klemmte ein Zettel mit der Ziffer 4. Sie hatten die Plätze genau gegenüber.

»Wolltest du das nicht ebenfalls?«, zeterte Thea bissig zurück. »Und eine neue Platznummer ziehen?«

Währenddessen trafen sich Resas und Lasses Blicke. Er streckte ihr die Hand entgegen.

»Hallo, ich bin Lasse.«

Resa nahm seine Hand.

»Freut mich, ich bin Theresa.«

»Frau Doktor Theresa Hammer, nun sei doch nicht so bescheiden, Kind!«, mischte sich ihre Oma ein. Noch während sich die geliehenen Enkel die Hand schüttelten, ergänzte auch Erna Meyer:

»Rechtsanwalt für Familienrecht. Seine Doktorarbeit verteidigt er Ende des Monats.«

»Ich denke, er beschäftigt sich mit Baurecht, wenn er das mit den Dachdeckern geregelt hat?«, hakte Thea nach und hob eine Augenbraue.

Erna zog den Stuhl zurück und nahm Platz. Auch Lasse setzte sich, nachdem er die Hand der bestimmt jüngsten Zahnärztin mit Doktortitel losgelassen und peinlich berührt geseufzt hatte.

»Sein Hauptbereich ist Familienrecht. Das, was er wissen musste, um den Brief an die Baufirma aufzusetzen, war ein Klacks. Ein bisschen Recherche, ein Gespräch unter Kollegen, und schon hatte mein Lasse eine Richtung, die er einschlagen konnte.«

Der junge Mann verzog die Mundwinkel. Die Vorstellung, diese Maskerade den ganzen Abend aufrechterhalten zu müssen, bereitete ihm Bauchschmerzen, und er bestellte ein alkoholfreies Hefeweizen, obwohl er gerne etwas Stärkeres getrunken hätte.

Erna und Thea waren auch bei einem trockenen Rotwein einig und warfen sich gegenseitig vor, einander alles nachmachen zu müssen. Ein abwartendes Schweigen lag in der Luft, nachdem Joachim mit seiner Frau Helga auf den Plätzen bei Thea und Theresa angekommen waren. Thea und Erna würdigten einander keines Blickes mehr. Gesine und Alfred besetzten die Stühle neben Lasse, und Ilse mit ihrem Hermann zwei der letzten vier freien Stühle zwischen Thea und Luzi.

Heidi hob einen Arm in die Luft und verkündete laut: »Emil und seine Enkelin Karla kommen etwas später. Aber wir sollen ruhig schon anfangen und bloß nicht mit dem Essen warten.«

Sie waren beinahe vollzählig, und quer über den Tisch begannen unzählige Gespräche. Resas große Cola sorgte augenblicklich für Zündstoff zwischen den beiden Rentnerinnen, die sich ansonsten auffällig bemühten, einander zu ignorieren.

»Sie müssten es doch als Zahnärztin besser wissen!«, tadelte Erna.

»Frau Meyer«, seufzte Resa. »Ich rauche nicht und trinke keinen Alkohol, nun lassen Sie mir die Cola, ich habe da Bock drauf!«

»Sie ist erwachsen, Erna!«, protestierte Thea.

»Und wenn schon, dieses Zeug ist Gift für die Zähne, und das sollte sie als Medizinerin wissen.«

Resa verdrehte die Augen und lenkte die Aufmerksamkeit auf die Karte. »Ich möchte den Gemüseauflauf. Was wirst du essen, Oma?«

»Ich werde mir die Haxe gönnen.«

»Die nehme ich auch«, sagte Lasse begeistert.

Joachim hob den Arm und nickte zustimmend. Seine Frau Helga entschied sich für ein Schnitzel mit Petersilienkartoffeln und Champignons.

Erna dagegen tat sich schwer mit ihrer Wahl. Sie befürchtete eine Blamage mit ihren lockeren Prothesen. Es schien so, als gäbe es auf der gesamten Karte nichts, das sie mit ruhigem Gewissen hätte bestellen können.

»Mir ist heute nach etwas Süßem zumute«, verkündete sie daher und stoppte ihren Zeigefinger auf den Eierpfannkuchen mit Zimtpflaumen und Sahne. Dazu waren kandierte Pistazienstückchen ausgewiesen.

Derweil lehnte sich Gesine zu Lasse.

»Herr Kühn, schön Sie hier zutreffen. Und so adrett gekleidet! Ich habe Sie gar nicht gleich erkannt, aber mein Alfred schon.« Sie lachte leise.

»Oh... guten Abend, Frau Enger«, begrüßte Lasse sie, stand auf und reichte den Eheleuten die Hand. Sein Herz begann schneller zu schlagen, und eine kleine Schweißperle rann ihm von der Schläfe. Er warf einen kurzen Blick zu Erna, die jedoch entspannt schien und die Brisanz der Lage nicht mitbekam.

»Oh, ihr kennt euch? Wie erfreulich«, mischte sich Thea ein.

»Ja, Familie Enger sind Kunden von mir.«

»Schon seit Jahren!«, bestätigte Gesine. »Auf ihn ist immer Verlass! Übrigens, Herr Kühn, unsere Hecke macht Probleme, könnten Sie sich in den nächsten Tagen darum kümmern?«

»Ihr müsst aber häufig ins Fettnäpfchen treten, wenn ihr so oft auf rechtlic...«, wollte Thea einwerfen, doch Lasse fuhr ihr nonchalant über den Mund und sagte: »Um diesen Problemfall kümmere ich mich gleich Anfang der Woche, Frau Enger. Wären Sie so freundlich und rufen Sie am Montag noch einmal im Büro an, um einen Termin zu vereinbaren?« Unsicher schaute der junge Mann in die Gesichter von Erna, Thea und Resa. Letztere hob zweifelnd eine Augenbraue.

»Selbstverständlich, Herr Kühn.«

»Sag mal, Erna«, begann Joachim zögerlich. »Du hast

doch immer davon gesprochen, dass deine Enkelin in Amerika lebt.«

Erna Meyer blieb ganz ruhig und ließ sich nichts anmerken. Sie lehnte sich langsam nach vorne und setzte ein gewinnendes Lächeln auf.

»Das ist die andere. Die wohnt weit weg.«

Dann wurde es still im Saal, denn Heidi räusperte sich und heischte um Aufmerksamkeit. Mit einem Beamer warf sie Bilder an die Wand, und bei dem Foto des letzten Klassentreffens von 2006 ging ein Raunen durch den Raum. Es zeigte deutlich, dass die Klasse von 1956 mit den Jahren sehr klein geworden war. Auf dem Foto an der Wand lächelten 21 Teilnehmer in die Kamera, an diesem Abend waren es nur noch zwölf.

»Das Bild von heute machen wir nach dem Essen. Und wehe, irgendjemand geht vorher!«, verkündete Heidi streng.

Mehrere freundliche Bedienungen servierten die Bestellungen. Joachim hielt sein Glas in die Höhe: »Auf die Gesundheit!«

»Auf die Gesundheit!«, kam es von den anderen zurück, die ebenfalls ihre Gläser hoben.

»Lasst es euch schmecken«, rief Heidis Mann Rudolph vom Anfang der Tafel. Erna Meyer stieg der Geruch der Haxe quälend verführerisch in die Nase. Wehmütig lenkte sie ihre Aufmerksamkeit auf den eigenen Teller, und mit viel Druck zerteilte sie die Eierpfannkuchen.

»Wie ist der Gemüseauflauf, Resa?«

»Sehr lecker, Oma. Und deine Haxe?«

»Richtig gut! Was meinen Sie, Lasse?«

Dieser nickte nur und hob einen Daumen.

»Sag mal, hast du Raserin eigentlich deinen Führerschein schon wieder?«

Thea verschluckte sich und musste husten.

»Was?«, keuchte sie.

»Na, hast du deinen Lappen schon wieder?«, wiederholte Erna.

»Nein«, presste Thea hervor.

»Den holen wir kommende Woche ab. Dann sind die vier Wochen um«, half Resa aus. Thea nickte und trank einen großen Schluck Rotwein.

»Du fährst noch Auto, Thea?«

Entrüstung spiegelte sich auf Joachims Gesicht.

»Das ist schon ein bisschen unverantwortlich«, ergänzte seine Frau Helga. Erna schnaufte.

»Ich fahre ebenfalls noch, aber meine Strafzettel- und Punktefreiheit zeigt eindeutig, dass ich das auch kann. Im Gegensatz zu manch anderen!« Ihr Blick heftete sich auf Thea.

»Sie bewegen sich auf sehr dünnem Eis, Frau Meyer«, mahnte Resa und lehnte sich vor.

»Warum? Sie hat doch Punkte!«

»Und wenn schon! Sie stehen auf dem Parkplatz vor dem Eingang extrem scheiße schief und blockieren zwei Plätze, weil Sie meinen, ein Benz dürfe das!«

»Er ist zu lang für diese kleinen Parkplätze heutzutage, und nur wenn man ihn schräg stellt, ist das

Heck nicht mehr im Weg. Immerhin sprechen wir hier von einem 31 Jahre alten Oldtimer«, warf sich Lasse dazwischen. »Er steht nicht beschissen, sondern sicher! Außerdem war ich es, der ihn so abgestellt hat.«

Erna wollte ihm gerade für den Rückhalt danken, als sie eine der kandierten Pistazien verschluckte und mit einem Hustenanfall wieder ausspuckte. Dabei passierte genau das, wovor sie sich so gefürchtet hatte. Ihre unteren Zähne flogen zusammen mit der Pistazie heraus und landeten auf der weißen Tischdecke. Es klirrte, als der Kunststoff gegen den Teller schlug. Thea und Lasse stritten gerade über die Verkehrsordnung und bemerkten den Fauxpas nicht, ebenso wenig wie Helga und Joachim. Die Zähne lagen nun neben Resas Serviette, die sie geschwind darüber legte.

»Zum Tränen wegwischen«, sagte die junge Frau mit den viel zu bunten Haaren und reichte ihr das Stofftuch, in dem sich ihr Gebiss befand.

Erna hielt das Tuch vor ihr Gesicht, setzte die Beißerchen wieder ein und tupfte unter ihren Augen entlang. Sie schämte sich und bedankte sich mit einem Nicken bei Resa.

»In der Praxis setzen wir Implantate, und mein Chef arbeitet mit Hypnose, vielleicht möchten Sie mal reinkommen für ein Beratungsgespräch?«

Die Zahnmedizinische Fachangestellte sagte es leise, trotzdem erstarb die Diskussion zwischen Lasse und Thea. Sie räusperte sich gut hörbar.

»Du meinst wohl deinen ehemaligen Chef, der nun

dein angestellter Zahnarzt ist!«

Resa verdrehte die Augen.

»Ja, genau den meinte ich. Es gibt Dinge, an die gewöhnt man sich nicht so schnell.«

»Warum soll Erna denn zu dir kommen? Was habe ich verpasst?«

»Für eine zweite Meinung, nichts Großes!«, wiegelte Resa ab und zwinkerte Erna zu.

Ein alter Herr in Begleitung einer jungen Frau betrat den Raum. Auf einen Rollator gestützt kam er langsam auf Heidi zu.

»Emil, mein Lieber«, sagte diese herzlich.

Alle Gespräche verstummten, und die Blicke hefteten sich auf den kahlköpfigen Mann, der ein lila Sakko mit gelben Streifen trug und am Revers eine rosa Gerbera befestigt hatte. Die gleiche Blüte befand sich bei seiner Begleiterin Karla in ihren schwarzen, langen Haaren. Heidi und er umarmten einander, dann sagte sie: »Karla, du darfst dich neben Ilse setzen und du, mein Lieber, bitte neben Luzi. Schön, dass es dir soweit wieder gut geht und du hier sein kannst.«

»Warte, Opa, ich helfe dir!« Karla zog den Stuhl für Emil zurück.

»Wunderbar dich zu sehen«, sagte Luzi mit belegter Stimme. »Wir haben uns alle Sorgen um dich gemacht!«

Karla stützte ihren Opa, und Luzi schob den Stuhl vorsichtig in seine Kniekehlen.

»Unkraut vergeht nicht, Luzilein«, witzelte er.

»Über einen Herzinfarkt scherzt man nicht, Opa!«

»Da muss ich ihr voll und ganz Recht geben, trotzdem, es ist sehr schön, dass du deinen Humor nicht verloren hast!«

Allerlei Genesungswünsche, Begrüßungen und freundliche Worte wurden über den Tisch gerufen. Resa lehnte sich vor und betrachtete die soeben eingetroffene Karla. Sie kannte sie, aber es wollte ihr nicht einfallen, woher. Sie kaute auf ihrer Unterlippe herum.

Erna war erleichtert, dass ihre Peinlichkeit lediglich von einer Person bemerkt worden war und nun auch noch so verschwiegen behandelt wurde.

»Haben Sie hier in Leipzig studiert, Theresa?«

Resa wandte ihren Blick von Karla ab und richtete ihn auf Erna. »Ja, und letztes Jahr nach der Doktorarbeit die Praxis meiner Assistenzzeit übernommen.«

»Du hast noch studiert?"

Plötzlich stand Karla hinter ihr und legte ihre Hände auf Resas Schultern. »Eigentlich wollte ich nur kurz Hallo sagen, weil wir uns so lange nicht gesehen haben. Außerdem freue ich mich, ein bekanntes Gesicht zu sehen.«

»Ähm«, stotterte Resa und sah hoch zu Karla.

»Ich weiß, dass ich dich kenne, aber ich weiß im Moment nicht von wo.«

Karla lachte. »Na, aus der Schule.«

»Bist du dir sicher?«

»Ja, bin ich!« Sie schaute Resa verwirrt an und

ergänzte: »Die Berufsschule in Grünau. Ich habe Tiermedizinische Fachangestellte gelernt, während du Zahnmedizinische Fachangestellte gelernt hast. Das ist doch erst …«

»Jetzt hab ich´s!«, erklärte Resa besonders laut und übertönte damit Karlas restliche Worte. »Du hast mit deiner Lehre angefangen, als ich endlich einen Studienplatz bekam«, wand sie sich aus der prekären Situation. Lasse lehnte sich nach vorne, um kein Detail zu verpassen.

»Hast du?« Karla sah ein fast unmerkliches Zwinkern in Resas Augen.

»Hast du was im Auge?«

Resa schüttelte den Kopf.

»Es ist wirklich erstaunlich«, sprach Erna dazwischen. »Sie sehen noch so jung aus.«

»Ich bin 26! Vielleicht gute Gene?!«

»Du bist 26?« Karla wickelte sich eine Haarsträhne um den Finger. Resa log, das wusste sie nun. Aber warum tat sie das?

»Ja, ich weiß, ich sehe sehr jung aus.«

Sie lächelte und hoffte, dass es verlegen erschien. Vorsichtig schaute sie in die Gesichter in ihrer Nähe. Thea kniff die Lippen und Lasse die Augen zusammen. Erna lachte.

»Diese Gene haben Sie dann aber sicher nicht von Thea. Sie hat mehr Falten als Leonard.«

Lasse versteifte sich.

»Oma, du wirst doch wohl nicht Frau Rohde mit

meinem Hund vergleichen!«

»Vergleichen? Nein! Feststellen!«

»Oh, du hast einen Hund?« Resa horchte auf. Mit mehr Zeit würde sie ihr Leben auch mit so einer treuen Seele teilen wollen, idealerweise mit dem passenden Mann dazu, aber das war Wunschdenken. Außerdem freute sie sich über den Themenwechsel.

Lasse nickte.

»Was denn für einen?«, fragte Karla.

»Eine Bordeauxdogge.«

Thea stand langsam auf, und sah mit funkelnden Augen auf Erna Meyer herab.

»Was erlaubst du dir, du blond gefärbte Kuh?«

Erna erhob sich ebenfalls.

»Ich achte wenigstens auf mein Äußeres im Gegensatz zu dir, du alte Rosine.«

Thea blieb der Mund offen stehen, und die anderen Gespräche am Tisch verstummten. Lasse versuchte, Erna am Arm wieder auf ihren Stuhl zu ziehen, es gelang ihm nicht. Norbert, der neben Heidi saß, flüsterte ihr zu: »Wie konntest du diese beiden Streithähne nur so nah zusammensetzen?«

Seine Frau Hildegard sog scharf die Luft ein.

»Norbi!« Sie ahnte Schlimmes, waren Erna und Thea doch für ihre aufbrausende Art bekannt.

»Sie haben die Platznummern gezogen, Norbert! Genau wie alle anderen auch«, antwortete die Organisatorin streng.

»Ach sei still, Norbert! Du bist keinen Fatz besser als

Erna, du mit dem Fifi auf dem Kopf. Kein Mann in deinem Alter, kann noch so volles Haar haben«, schimpfte Thea.

Wie zum Widerspruch strich sich Joachim sein weißes Haar glatt, und Karla ging schleunigst zu ihrem Platz zurück. Da bahnte sich etwas an. Thea hatte Joachims Geste bemerkt und verdrehte die Augen.

»Na gut, kein Mann in unserem Alter hat so eine Mähne in braun«, ergänzte sie. »Besser?«, fragte sie gleich danach Joachim, der zufrieden nickte. Fahrig griff sich Norbert an sein Toupet.

»Aber ich verstehe das«, lästerte Thea weiter, »musstest du deine reichlich jüngere Hilde doch um den Finger wickeln, und als kahlköpfiger Studienrat mit einer gescheiterten Ehe hätte sie dich bestimmt keines Blickes gewürdigt.«

»Thea!«, riefen Hildegard, Resa und Heidi gleichzeitig.

»Ladys, bitte. Setzt euch wieder und trinkt noch einen Schluck«, mischte sich nun auch Lasse ein, um die erhitzten Gemüter zu beruhigen. Emil dagegen lehnte sich entspannt in seinem Stuhl zurück, nahm einen kleinen Eisbecher in die Hand und grinste. Auf dieses Theater hatte er sich wochenlang gefreut. Doch zu seinem Bedauern gehorchten Erna und Thea. Sie sagten nichts mehr, setzten sich wieder hin, warfen sich allerdings gegenseitig einen bösen Blick zu. Bald schon begannen die anderen mit Gesprächen, die Kellner nahmen die leeren Teller mit und brachten neue

Wasserflaschen für die Kühler in der Tischmitte. Emil lächelte seine Enkelin an.

»Danke, dass du mit mir hier bist. Stell dir nur mal vor, was wir für einen Spaß verpassen würden.«

»Deine Wahrnehmung ist durch die neuen Medikamente ganz schön getrübt, was?«

»Keineswegs, Kind. Mich erheitert dieses Gezänke jedes Mal. Ich wäre enttäuscht gewesen, wenn sie sich auch nur einmal benommen hätten.«

»Das heißt, es ist immer so? Alle zehn Jahre trefft ihr euch und putzt euch runter?«

Karla schüttelte den Kopf.

»Ja«, gestand Emil mit einem verschmitzten Grinsen.

»Dein Humor ist echt abgedreht, Opa!«

»Darf ich Sie etwas fragen, Frau Meyer?«, fragte Resa, nachdem sich die Stimmung ein wenig beruhigt hatte.

»Was wollen Sie denn wissen?«

»Warum nehmen Sie es Thea selbst nach so vielen Jahren immer noch übel, dass sie Opa abbekommen und geheiratet hat? Sie haben schon seit Ewigkeiten keinen Grund mehr dafür. Immerhin gab es dann irgendwann Ihren Mann, den Sie bestimmt geliebt haben. Sie müssten doch längst über Jan hinweg sein, oder?«

Sofort verstummten die anderen erneut. Emil richtete sich auf. Alles sah zu Erna. Nur Lasse sah Resa strafend an und zischte: »Gerade war mal Ruhe.«

Resa zuckte entschuldigend mit den Schultern.

»Na, da bin ich jetzt aber mal gespannt«, sagte Thea Rohde herausfordernd.

»Spar dir deinen Zynismus, Thea! Du weißt genau, warum ich dir das übel nehme.«

Erna schaute in die Runde der neugierigen Augenpaare.

»Ich hatte damals eine Verabredung mit Jan, in die du hineingeplatzt bist. Von da an war ich nur noch Luft für ihn. Unsere Freundschaft hast du damit kaputt gemacht.«

Sie leerte ihr Rotweinglas in einem Zug.

»Aber das Schlimmste daran ist doch, dass ich mir bei dir die Augen ausgeheult habe, während ihr euch hinter meinem Rücken getroffen habt.«

»Zu der Zeit waren Jan und ich nur Freunde. Ich wollte dich nie verletzen, aber du hast den Kontakt so plötzlich abgebrochen und mich gehasst wie die Pest. Erst nach der Schulzeit haben Jan und ich uns ineinander verliebt! Das kannst du mir doch wirklich nicht zum Vorwurf machen!«

Auch Thea trank ihren Spätburgunder aus.

Lasse mischte sich ein.

»Tatsächlich? Dieses ganze Rumgezicke, Gemotze und Gezetere wegen einem Mann? Das liegt so lange zurück, da kann man doch einfach mal Fünfe gerade sein lassen und das Kriegsbeil begraben.«

»Pffft«, die beiden Alten hoben gleichzeitig die Arme für neue Getränke.

»Das ist aber die Wahrheit, Erna!«, war nun Gesine

zu hören, die plötzlich das Bedürfnis hatte zu schlichten. »Du und Jan, ihr wart schon ein paar Monate auseinander, bevor er mit Thea anbandelte.«

»Du hältst dich da mal lieber raus!«, mahnte Erna. »Wer hat denn mit Norbert rumgeknutscht, obwohl er mit Ilse zusammen war?«

Lasse seufzte und konnte den Drang, seinen Kopf auf die Tischplatte zu schlagen, kaum unterdrücken.

»Ich wusste es!«, schrie Ilse und sprang auf. »Und du hast es immer abgestritten! Nun wissen wir auch, warum dein ältester Sohn sieben Kinder von vier verschiedenen Frauen hat. Diese Umtriebigkeit hat er von dir. Du wolltest dich früher nie festlegen, deshalb hast du deine erste Frau und auch Hildegard so spät geheiratet.«

Hilde schlug mit der Faust auf den Tisch.

»Das ist eine Frechheit!«

Sie stand von ihrem Stuhl auf und überlegte, wie sie angemessen reagieren konnte. Emil hatte seinen Eisbecher wieder in die Hand genommen und genoss die erdbeerige Kühle inmitten der aufkommenden Hitze um ihn herum.

»Habt ihr euch heute alle gegen mich verschworen?« Norbert rutschte unbehaglich auf seinem Platz vor und zurück.

»Setzten Sie sich wieder hin, meine Liebe«, versuchte Ingeborg Hildegard zu beruhigen und legte ihr die Hand auf den Arm. »Manch einer braucht eben etwas länger, um den richtigen Partner zu finden.«

Am Anfang der langen Tafel begann Luzi, laut schallend zu lachen.

»Was ist daran nun bitte lustig?«

Ingeborg richtete sich auf und wartete auf eine Antwort.

»Dass ausgerechnet du das sagst, Inge. Schämst du dich nicht?«

»Nein, warum sollte ich?«

»August ist dein dritter Mann, richtig?«

Sie zog ihre gemalten Augenbrauen in die Höhe.

»Ja und? Er ist der Richtige, die davor waren es nicht!«

»Und warum hast du sie dann immer gleich geheiratet?«

»Weil man das eben damals so gemacht hat. Wilde Ehe war verpönt!«, erklärte Inge, obwohl Luzi das genau wusste.

»Wie wahr«, bestätigte Rüdiger vom anderen Tischende und lächelte seine Enkelin Nadine seufzend an.

»Außerdem lasse ich mich von einer, die sich lediglich hoch geschlafen hat und sich dann das reichste Tier gekrallt hat, bestimmt nicht wegen des Heiratens durch den Dreck ziehen!«, ergänzte Ingeborg verärgert.

»Was fällt dir ein?« Luzi sprang auf.

»Eigentlich will ich mich nicht einmischen«, begann Joachim zaghaft.

»Dann lass es, bevor das hier total aus dem Ruder

läuft«, mahnte seine Frau.

Joachim schüttelte den Kopf und sprach trotzdem aus, was er sagen wollte: »Luzi war nie die hellste Birne am Kronleuchter! Immerhin hat sie regelmäßig bei mir abgeschrieben.«

»Also doch!«, erwiderte Gesine, und in ihrer Stimme lag ein triumphierender Klang. »Für die Arbeit aufs Kreuz legen lassen, wie armselig, und dann einen auf Moralapostel und Inge schlecht machen. Du wärst niemals so hoch aufgestiegen und Chefsekretärin geworden, wenn du dich Max nicht angeboten hättest, wie eine …«

»Jetzt reicht es aber!«

Max stand auf und nahm die Hand seiner Frau.

»Wir gehen!«

»Halt!«, bremste Heidi Eck ihn aus.

»Ihr bleibt, wir müssen erst das Foto machen.«

Joachim unterdrückte sein Lachen vergeblich.

»Lass das, Joachim!«, verlangte Helga, stieß ihn in die Seite und pickte anschließend einen Pilz mit der Gabel auf. Thea rutschte in ihrem Stuhl etwas tiefer, so unangenehm war ihr das alles. Auch Lasse und Resa lenkten ihre Blicke verlegen in unverdächtige Richtungen. Luzi zog ein Taschentuch hervor, schnäuzte sich und verkündete, auf die Toilette zu gehen. Joachim lachte noch immer.

»Schön, dass du das so lustig findest! Was denkst du? Hat sich Luzi wirklich hoch geschlafen?«

Emil in dem lila Sakko mit den gelben Streifen

verschränkte abwartend die Arme auf der Tischdecke und spähte zu Joachim hinüber.

»Warum schaust du mich so an?« Joachim zog die Augenbrauen zusammen.

»Na, wer früher häufig auf der Nordstraße gesichtet wurde und in bestimmten Etablissements verkehrt, sollte doch wissen, wie solche Mädchen aussehen.«

Diesem blieb das Lachen im Halse stecken, sein Gesicht färbte sich dunkelrot, und er stotterte zusammenhanglose Laute. Helgas Gabel schabte über den Teller, als sich alle Blicke auf ihren Mann richteten. Selbst Luzi blieb in der Tür stehen und drehte sich wieder in den Raum.

»Mir wird das hier gerade zu absurd, Opa!«, verkündete Nadine, Rüdigers Enkeltochter, in die eingetretene Stille hinein. »Ich gehe eine rauchen, wer kommt mit?«

»Hier!« Resa, Lasse und Karla rissen die Zeigefinger in die Luft, schoben die Stühle zurück und liefen zur Tür.

»Ach? Deshalb also auch diese Schmuddelmagazine hinter der Kommode?«, hörten sie noch Helga rufen.

»Das ... Das sind nicht meine!«

Helga lachte laut auf, die anderen grinsten.

»Dann gehören sie Mimi oder was?«

Sie schlug mit der Faust auf den Tisch und erwischte das Ende ihrer Gabel, deren Zinken unter ein paar Champignons steckten. Diese flogen in hohem Bogen durch die Luft und landeten formvollendet auf ihrer

Bluse und in ihrem Gesicht.

»Wir gehen«, bestimmte sie aufgebracht, während sie hektisch versuchte, sich mit einer Serviette Champignons und Soße wegzuwischen.

»Aber wir müssen doch erst das Foto machen«, erinnerte Heidi nervös. Auf ihrer Haut bildeten sich rote Flecken.

»Oh Mann, Heidi!«, erwiderte Helga und schnipste sich den letzten Pilz vom Busen.

Vor dem Haupteingang steckte sich Nadine eine Zigarette an und schüttelte verständnislos den Kopf. »Möchtet ihr eine?« Sie hielt den anderen ihre Schachtel hin. Theresa und Lasse verneinten, Karla dagegen nahm sich dankend eine Zigarette heraus.

»Seid ihr auch so entsetzt über das, was da drinnen gerade abgeht?«

Nadine blies Rauchkringel in die Luft.

»Ja«, antwortete Theresa zuerst.

»Vollkommen«, fügten Lasse und Karla hinzu.

»Ich bin übrigens Nadine«, stellte sich Rüdigers Enkeltochter den anderen vor.

»Die benehmen sich ja wie Irre und nicht wie knapp 80jährige!«

»Das ist mir auch aufgefallen, und wenn du dir dann überlegst, dass viele dieser Ereignisse schon Jahrzehnte zurückliegen, finde ich es erstaunlich, dass sie sich daran noch so gut erinnern können, aber oft nicht mehr wissen, wo sie am Abend ihre Pillen hingelegt haben.«

Lasse kratzte sich das Kinn.

»Was machen wir, wenn sie sich gegenseitig an die Gurgel springen?«

Resa behagte es im Moment überhaupt nicht, hier vor der Tür zu stehen und keine Ahnung zu haben, was drinnen passierte.

»Wir schlichten! Ganz einfach.«

Nadine sah Lasse erstaunt an. »Und wie willst du das machen? Wir sind nur vier. Die Alten sind eindeutig in der Überzahl und darüber hinaus total bescheuert.″

»Nun, wir könnten ...«, begann Resa.

Die Tür ging auf, und Rudolph und Gerda stellten sich zu ihnen. »Diese Lawine stoppt keiner mehr«, sagte Rudolph und steckte sich einen Zigarillo an.

»Da haben Erna und Thea ganz schön was losgetreten«, meinte Gerda beiläufig und warf vorsichtig einen Blick auf deren Enkelkinder.

»Warum sehen sie uns so an? Wir können nichts dafür!«, erklärte Resa.

»Na, warum haben Sie es nicht verhindert?«

»Klar!«, antwortete Resa spöttisch und spielte mit ihren Haarspitzen.

»Wie denn?«, fragte Lasse. »Sollen wir ihnen die Münder zu halten?«

»Zum Beispiel«, nickte Gerda.

»Wir sind ihre Enkel, nicht ihre Aufpasser!«

Rudolph drehte sich zu Gerda.

»Jetzt mal ehrlich! Es musste doch irgendwann dazu

kommen.« Er verdrehte die Augen. »Alle zehn Jahre mosern die beiden, was das Zeug hält, sie überhäufen sich mit bösartigen Nettigkeiten, und nur Jan und Bernd waren früher in der Lage, die Streithähne zu besänftigen. Außerdem sind sie nie so weit gegangen, als ihre Männer noch lebten, aber nun haben sie freie Bahn.«

Rudolph lehnte sich an die Hauswand.

»Was haben wir denn verpasst?«, wollte Resa wissen.

»Helga hat mit Champignons jongliert, und Norbert hat Emil angefahren, dass er und seine Frau bei der Erziehung ihrer Tochter total versagt hätten, weil diese eine Frau geheiratet habe.« Rudolph seufzte. »Wenn ihr mich fragt, kann doch jeder lieben, wen er will, und wenn eine Frau eine Frau liebt, dann ist das eben so.«

»Ich muss wieder rein«, sagte Nadine plötzlich.

Auch Karla drückte hektisch ihre Zigarette aus und folgte ihr.

»Was haben die denn?«, wollte Resa wissen.

Gerda gluckste.

»Nadines Opa liebt schon seit über 30 Jahren einen Mann. Er steht nicht dazu, und offiziell ist es auch nicht, aber das kann sich wohl jede Minute ändern. Und … tja … obwohl Emils Tochter lesbisch ist, hat sie Karla bekommen. Die beiden wollen ihren Opis sicher Rückendeckung geben.«

»Rüdiger liebt einen Mann? Wirklich?«

Rudolph verschluckte sich am Rauch seines Zigarillos.

»Aber es ist sich noch keiner an die Gurgel gegangen, oder?« Theresa sorgte sich um Thea.

»Noch nicht.«

Das erste Wort betonte Gerda besonders.

Zwei Minuten später waren Lasse und Resa allein. Sie musterte ihn eindringlich.

»Gefällt dir, was du siehst?«, fragte er, als er es bemerkte.

»Das weiß ich noch nicht. Aber ich möchte dich etwas fragen.«

»Schieß los!«

»Arbeitest du in deiner Freizeit gerne mit Steinen?«

»Nein, warum?«

»Und Holz?«

»Ja, schon irgendwie. Warum?«

»Weil deine Hände aussehen, als würden sie wirklich arbeiten und nicht nur eine Tastatur, Stifte und Akten berühren.«

Sie sah ihm tief in die Augen.

»Mann, Theresa! Ich bin genau so wenig Anwalt, wie du Zahnärztin bist.«

»Aber ...«

»Komm schon«, unterbrach er sie schnell.

»Okay, okay, ich bin keine Zahnärztin. Und was machst du wirklich?«

»Ich bin Garten- und Landschaftsbauer. Und du?«

»Zahnmedizinische Fachangestellte.«

Lasse lachte.

»Tja, da stehen wir nun wie die Vollidioten.«

Resa kicherte.

»Ich sollte dir da noch etwas sagen.«

»Du bist gar nicht Theas Enkelin«, riet Lasse ins Blaue hinein. Resa glotzte ihn an wie ein kleines Mädchen, das dabei zusah, wie er ein Häschen aus dem Zylinder zog.

»Volltreffer?«

Sie nickte und schloss ihren Mund wieder.

»Willkommen im Club«, gestand nun auch er.

»Nicht dein Ernst?«

»Doch!«, bestätigte Lasse und grinste.

»Da haben unsere Möchtegern-Omis ja einiges auf die Beine gestellt. Und weißt du, was ich sehr auffällig finde? Sie kommen beide auf die gleichen absurden Ideen.«

»Wollen wir sie genau damit aus der Reserve locken? Vielleicht beruhigt sich die Stimmung da drinnen wieder.«

Theresa zögerte.

»Ich weiß nicht! Irgendwie denke ich, dass dann alles eskalieren könnte.«

»Los! Sei mutig!«, forderte er sie auf. »Immerhin nehmen sie sich auch nicht zurück.«

Resa atmete tief durch.

»Okay! Du hast Recht. Was willst du machen? Mit einer Gabel gegen ein Glas schlagen und um Aufmerksamkeit bitten?«

»Das ist eine sehr gute Idee, und dann sagen wir gleichzeitig, dass wir nicht ihre Enkel sind, ziehen die

Köpfe ein, laufen weg und gehen irgendwo einen Kaffee trinken.«

Auf dem kurzen Stück bis zum Saal stellten die beiden fest, dass weder Erna noch Thea einen Führerschein hatten, Opern und Musicals mochten und leider viel zu viel Zeit ohne Gesellschaft verbrachten. Außerdem informierten sie sich von den schrulligen Hobbys der zwei Rentnerinnen. Im Türrahmen sahen sie, was sich vor ihren Augen abspielte. Alle Klassenkameraden und Begleiter standen in einem Pulk. Heidi fuchtelte mit einer Hand vor Ingeborg und August herum und befahl ihnen immer wieder zu warten, bis das Erinnerungsfoto gemacht war.

»Opa, lass ihn«, rief Nadine aufgebracht und versuchte, seinen Arm, den er nach Norberts Toupet ausgestreckt hatte, zurückzuziehen. Vergeblich. Mit einer schnellen Bewegung riss er ihm die falschen Haare von der Halbglatze.

»So!« Rüdiger lachte zufrieden. »Nun sieht wenigstens jeder, dass deine Haare eine Mogelpackung sind. Sich über Thea lustig machen und selbst kein Stück besser sein. Schäm dich!«

»Gib das wieder her!«, forderte Norbert und zerrte an dem Haarteil. »Hildegard, nun hilf mir doch mal!«

»Also, ich würde einfach hier stehen bleiben, Hildegard«, sagte Erna beiläufig. »Norbert hat es verdient!«

»Sie haben gut lachen, was? Das alles ist Ihre Schuld! Sie haben dieses Chaos angezettelt, und nun bleiben ausgerechnet Sie völlig unbehelligt von Anfeindungen und Schelte.«

»Ich habe gar nichts angezettelt!«, protestierte Erna. »Das war sie!« Erna fuchtelte mit der beringten Hand in Theas Richtung.

»Womit denn? Du hast mich mit dem Hund deines Enkels verglichen!«

»Das meinte ich nicht! Du hast mir Jan ausgespannt!«

Beherzt griff Thea zum Wasserglas und schüttete es ihrer blond-gefärbten Rivalin ins Gesicht. »Klappe jetzt! Er wollte nun mal mich, und du hast kein Recht, sauer auf mich zu sein. Gar keins! Verstanden Erna?«

»Du … Du …« Erna streckte die Arme nach ihrer ewigen Feindin aus und versuchte, sie am Kragen zu packen. Zeitgleich schmiss Luzi einen Teller vor Helgas Füße. Blanker Zorn funkelte in ihren Augen. »Wie kannst du nur bei so einem Mann bleiben und ihn auch noch verteidigen?«

Lasse löste sich zuerst von der Stelle im Türrahmen, lief um ein paar Gäste herum, griff sich ein Glas und klopfte mit einer Gabel dagegen. Aber das Klirren ging in dem Trubel vollkommen unter. Er schlug kräftiger mit dem Metall gegen das Glas. Es zersprang, und erstaunt stellte er fest, dass ihn weiterhin niemand bemerkte. Im selben Moment griff sich Resa den Wasserflaschenkühler von der Tischmitte sowie einen Löffel, stieg auf einen Stuhl und hämmerte wie eine Irre auf das Metallgefäß ein. Eiswürfel fielen über den Rand, trafen Gesine, Paul und Ilse, die verwirrt nach oben sahen. Theresa pfiff so laut, dass alle Personen im Raum zusammenzuckten, sich zu ihr drehten und sich endlich Schweigen einstellte.

»Schön, dass ich nun Ihre Aufmerksamkeit habe«, sagte Resa zufrieden. Lasse nahm ihr den Kühler ab, packte sie an den Hüften und hob sie schwungvoll herunter. Heidi ließ sich erschöpft auf einen Stuhl sinken.

»Wir müssen doch noch das Foto machen«, weinte sie am Ende ihrer Kräfte.

»Frau Rohde?«

»Ja, Fräulein Theresa?«

Thea hatte kaum geantwortet, als sie sich die Hand vor den Mund schlug, so als wolle sie das wieder hineindrücken, was ihr soeben über die Lippen gekommen war. Erna ließ Theas Kragen los, verschränkte die Arme vor der Brust und grinste selbstgefällig.

»Fräulein Theresa? Soll das heißen ...? Du verlogene, falsche Ziege, du!«

»Frau Meyer?«, rief nun auch Lasse.

»Ja, Lasse?«

Thea stemmte die Hände in die Hüften und lachte laut heraus: »Selber verlogene, falsche Ziege, du!«

Resa ergriff die Hand von Erna Meyer und sagte: »Ihr Gärtner hat mir erzählt, dass Sie oft sehr einsam sind.«

»Jahaaaa, der Gärtner war´s«, bestätigte Lasse flapsig und schnappte sich Theas Hand.

»Frau Rohde, Ihre Nachbarin hat mir erzählt, dass auch Sie oft allein sind.«

Die Spannung im Raum war spürbar, alle Augen richteten sich auf die beiden Zankäpfel, und es wurde so still, dass man eine Stecknadel hätte fallen hören können. Die Alten im Saal wussten, was für ein grauenvolles Gefühl Einsamkeit sein konnte, auch wenn noch nicht jeder von ihnen davon betroffen war.

»Und das ist nicht Ihre einzige Gemeinsamkeit«, ergänzte Resa klar und deutlich.

»Sie mögen beide diesen supertrockenen Wein, Sie lieben Musik, Sie sind Witwen, und Sie haben die gleichen skurrilen Ideen, zum Beispiel fremde Leute als ihre Enkel auszugeben.«

Resa bemerkte, dass einige der Anwesenden grinsen mussten.

»Sie beide können ordentlich austeilen, aber nichts einstecken«, fügte Lasse hinzu und sorgte damit für allgemeines Kopfnicken im Raum.

»Im Übrigen fährt keine von Ihnen noch Auto, und Sie haben beide ein intensives, wenn auch schrulliges Hobby. Puppen sammeln und Stricken«, erweiterte Resa die Liste der Gemeinsamkeiten.

»Stricken ist nicht schrullig«, meinte Gesine korrigieren zu müssen.

»Danke«, erwiderte Thea.

»Schals, Mützen und Fäustlinge? Nichts als Schals, Mützen und Fäustlinge? Und das sommers wie winters? Das nenne *ich* sehr schrullig!«, erklärte Theas gemietete Enkelin. Erna Meyer drehte sich zu ihrer Rivalin.

»Du magst diesen Spätburgunder wirklich? Es war nicht nur ein Nachmachen?« Thea nickte.

»Ja, immer schon. Und ich liebe Musicals.«

»Bei mir sind es eher Opern, aber das Musical *Phantom der Oper* fand ich ganz wundervoll.«

»Das mag ich auch«, kicherte Thea.

Sie lösten sich von ihren erfundenen Enkeln und standen einander unschlüssig gegenüber. Erna betrachtete die identischen Kostüme, die sie trugen. Ihr Blick wanderte zu Resa und heftete sich auf die bunte, schrille Frisur der jungen Frau. Sie begann zu grinsen, kicherte, und brach in ein schallendes Gelächter aus. Sie zeigte abwechselnd auf Theas Kostüm und auf Resas Haare und drohte vor lauter Lachen keine Luft mehr zu bekommen. Thea erging es nicht anders, sie prustete los, und bald schon schüttelte es sie genauso. Sie ergriff eine von Lasses rauen Händen, hielt sie hoch und presste glucksend immer wieder »Anwalt, was?« hervor. Dann reichten sie einander die Hände.

Resa und Lasse sahen sich in die Augen und lächelten. Rüdiger nahm sein Glas und rief: »Auf die Feindschaft!« Die anderen taten es ihm gleich, und der verbliebene Rest der Klasse von 1956 rief wie aus einem Mund: »Auf die Feindschaft!«

Rüdiger trat an die einstigen Rivalinnen heran und schloss sie gemeinsam in die Arme.

»Kommt ihr zwei dann im Herbst mit nach Stuttgart?

Ich will *Rocky* sehen«, fragte er die beiden, die damit beschäftigt waren, sich die Tränen wegzuwischen.

»Mutig«, kommentierte Emil, zog eine Visitenkarte aus der Innentasche seines auffälligen Sakkos und reichte sie Rüdiger.

»Ein Kardiologe?«

»Nun, du willst mit Erna und Thea dorthin, und da ich keinen guten Psychologen kenne, kann ich dir wenigstens meinen Kardiologen empfehlen. Der checkt dich durch und wird dir sagen, ob du dieses Wagnis ohne Infarkt überlebst.«

Jetzt lachten alle. Auch Erna und Thea fingen wieder an. Der Scherz ging zwar auf ihre Kosten, doch das erste Mal seit Jahrzehnten konnten sie über sich selbst lachen und einfach mal einstecken. Selbst Joachim, Rudolph, August und Gerda ließen sich eine Visitenkarte von Karlas Opa geben.

»Hallo?? Da ist *noch* etwas ...«, drang Lasses kräftige Stimme durch das Gelächter. Peu á peu beruhigte sich der Saal wieder. Die Rentner starrten ihn überrascht an.

»Wir müssen doch noch das Foto machen.«

7

»Hallo Thea, schön, dass du hier bist«, begrüßte Erna ihre neue Freundin an ihrer Haustür.

»Hallo Erna, danke für die Einladung.«

Sie nahmen sich lachend in die Arme.

Acht Tage waren seit dem Klassentreffen vergangen, und die beiden Frauen hatten beinahe täglich miteinander telefoniert. Jetzt trafen sie sich zum ersten Mal.

»Komm herein.«

Erna Meyer deutete in den Empfangsbereich ihrer Stadtvilla. Thea trat ein und hielt ihr einen Stoffbeutel vor die Augen.

»Für dich.«

Erna nahm ihr die Tasche ab und spähte hinein. Mit einer Hand zog sie eine winzige, sonnengelbe Strickjacke hervor.

»Für eine deiner Puppen. Ich hoffe, sie passt.«

»Oh, vielen Dank. Die sieht sehr niedlich aus und ist genau richtig. Komm!«

Erna führte Thea in jenen Raum, in dem ihre teils lebensecht aussehenden Porzellanpuppen die unterschiedlichsten Szenen bevölkerten.

Zielstrebig ging sie zu einem kleinen Schaukelstuhl, in dem eine Großmutter mit Dutt und Nickelbrille aus einem Buch las. Sie nahm ihr die graue Strickjacke ab und ersetzte sie durch Theas sonnengelbe.

»Perfekt!«

Auf dem Weg in den Wintergarten blieben sie im Salon vor einer Wand stehen, an der dutzende Bilder aus Ernas Leben hingen: Urlaubsfotos, das Hochzeitsbild, Weihnachtsbilder der gesamten Familie und die sechs Erinnerungsfotos der 1956er Klasse. Thea zeigte auf das jüngste Klassenfoto aus dem Bayrischen Bahnhof.

»Meines habe ich noch nicht gerahmt, aber Resa bringt mir die Tage einen Bilderrahmen mit.«

»Ich musste es sofort aufhängen, denn diese Erinnerung ist etwas ganz Besonderes.«

»Wie wahr«, stimmte Thea amüsiert zu.

Sie traten näher an das Foto heran. Erna betätigte einen Schalter, und mehrere kleine Lichtspots setzten die Galerie in Szene. Thea rückte ihre Brille zurecht und versank zusammen mit Erna in der Betrachtung von 24 Menschen, die merkwürdiger nicht hätten verewigt werden können.

Helga grinste in die Kamera, während sie mit dreckiger Bluse eine Gabel mit einem Champignon in die Luft hielt. Emil, auf Heidis Gehstock gestützt, Joachim, Gerda, Rudolph und August hatten sich mit Spucke die Visitenkarten des Kardiologen auf die Stirn gepappt. Norbert winkte mit seinem Toupet, während seine Frau ihn mit ausgestrecktem Zeigefinger auslachte. Heidi saß auf Emils Rollator und fächerte sich mit einer Speisekarte Luft zu. Luzi hielt Max an der Krawatte, weil sie ihn eigentlich küssen wollte, bevor das »Cheese« des Fotografen ertönte. Thea und

Erna standen im Zentrum des Bildes grinsend nebeneinander. Thea eingehakt und an Ernas Schulter gelehnt. Alfred, jahrelang Soldat, hatte das »Cheese« durch ein »Still gestanden« ersetzt. Diesem Befehl waren Hermann, Ingeborg, Rüdiger, Paul und Alfred gefolgt. Keiner lächelte, und sie alle standen stramm, die Arme vorschriftsmäßig an der Hosennaht und die Fersen zusammengeschlagen. Ilse und Gesine reichten sich gerade die Hände, lag die Sache mit Norbert doch schon ewig zurück. Resa und Lasse standen rechts außen und küssten sich. Dieser Kuss sei ein Zufall gewesen, meinten beide. Resa hatte ihn nur auf die Wange küssen wollen, als er sich im selben Moment zu ihr drehte. Karla und Nadine lagen seitlich, Kopf an Kopf, auf dem Boden vor der Truppe, streckten jeweils einen Arm in die Luft und wedelten mit Stoffservietten wie Cheerleader mit ihren Pompons.

»Auch wenn wir die nächsten zehn Jahre nicht schaffen, bleibt uns dieser Tag gewiss bis zuletzt in Erinnerung«, meinte Thea in die Stille hinein.

Erna seufzte.

»Bestimmt!«

Sie legte Thea die Hand auf die Schulter und führte sie in den Wintergarten, in dem eine Flasche staubtrockener Rotwein wartete.

Die auf dem Buchrücken zitierten Bücher-Blogs finden Sie hier:

binchensbuecher.blogspot.de
booklady.de
kekesbuecher.blogspot.de
bella2108.blogspot.de

Wenn Ihnen

*Von echten Puppen, bitteren Pillen
und erfundenen Paten*

gefallen hat, haben wir weitere Empfehlungen aus
der Reihe *KopfKino in Spielfilmlänge* für Sie:

PIA RECHT

DER Herzschlag
CONNEMARAS

KASTANIENROT

ROMANCE

Pia Recht
»Der Herzschlag Connemaras: Kastanienrot«

Als Projektleiter John Palfrey aus London ins hinterste Irland geschickt wird, um einer Zuchtstation für Wildponys auf den Zahn zu fühlen, kann der karrierebewusste Schreibtischhengst seinen Widerwillen gegen Land und Leute nicht verbergen. Doch gerade die scheinbar hinterwäldlerische Langsamkeit der Einheimischen verändert seinen Blick auf sich und sein bisheriges Leben. Der Herzschlag Connemaras öffnet ihm das seine für das Land und für eine schöne Frau. Als er jedoch aus London erfährt, dass die Station geschlossen wird, droht er alles wieder zu verlieren, was er unverhofft gefunden hatte.

ISBN: 978-3-9816987-1-8   Preis: 6,95 €

»Die Geschichte schafft es, den Leser dahinschmelzen zu lassen.«
Bücherblog »KathrinsBookLove«

»Diese tiefgründige Erzählung übt einen wahren Sog aus.«
Bücherblog »Magische Momente«

»Herzerwärmend und mit viel Gefühl gespickt!«
Kitty's Bücherblog

»Besser kann man das Lebensgefühl der Iren nicht darstellen.«
Binchens Bücherblog

ANNIKA DICK

Lovely Skye

Ein Sommer in Balnodren

ROMANCE

Annika Dick
»Lovely Skye: Ein Sommer in Balnodren«

Innes Graeme ist die ständigen Absagen auf ihre Bewerbungen leid. Sie beschließt, ihrer Heimatstadt Edinburgh für drei Monate den Rücken zu kehren. Sie gönnt sich eine Auszeit bei ihrer Freundin Fenella, die in Balnodren, im Norden der Isle of Skye, eine Pension betreibt. Aber schon bei ihrer Ankunft in dem gottverlassenen Landstrich bereut sie ihren Entschluss. Balnodren erscheint ihr die Natur gewordene Trostlosigkeit zu sein. Erst der attraktive Tierarzt Jack MacBryde kann ihr Herz für die einzigartige Schönheit öffnen, die die sogenannte Nebelinsel zu bieten hat. Gerade als Innes beginnt, sich in Land, Leute und in Jack zu verlieben, rückt das Ende ihres Aufenthaltes immer näher.

ISBN: 978-3-9816987-3-2 Preis: 6,95 €

"Glänzt mit einer zauberhaften Kulisse. Wie ein Kurztrip in den Urlaub."
Buchtempel.net

"Lovely Skye hat mir gezeigt, wie wundervoll Kurzromane sein können."
Phinchens Fantasybooks

"Eine fantastische Novelle mit allem, was das Herz begehrt."
FantasyBooks Shadowtouch (Österreich)

"Ideal für Zwischendurch. Eine kleine buchige Praline!"
Chellushs Bookworld

"Zu diesem Kurzroman fällt mir nur eins ein: wow!"
Kittys Bücherblog

TANJA BERN

Distant Shore
1
Sterne der See

ROMANCE

K|K
MEIN KOPFKINO

Tanja Bern
»Distant Shore – Sterne der See«

Ben verliert seine Schwester Kristin an den Krebs. Vor ihrem Tod hatte sie für ihn einen Urlaub in ihrem geliebten Irland gebucht, weil sie ahnte, dass Ben dort zu sich selbst finden könne. Obwohl er keinen Bezug zu Irland hat, lässt er sich darauf ein und fährt nach Kerry. Dort begegnet er der Irin Hanna, zu der er sich sofort hingezogen fühlt. Aber sie verbirgt ein Geheimnis und hält Ben einerseits etwas auf Abstand, sucht aber andererseits auch seine Nähe. Ben verliebt sich in dieses wildromantische Land und verliert an Hanna sein Herz. Dann wird sie plötzlich vermisst, und Ben setzt alles daran sie zu finden.

ISBN: 978-3-9816987-4-9   Preis: 6,95 €

»Ich verfolgte das Geschehen mit Herzklopfen«
Bücherblog »BuchZeiten«

»Eine mitreißende Romanze. Sehnsucht mit jeder Zeile«
Bücherblog »Literaturdinge«

»Ich konnte es nicht mehr aus der Hand legen.«
Melli's Bücherblog

»Es ist eines jener Bücher, die man genießt und an die man am nächsten Tag noch denkt«
Bücherblog »Fairy-book«

THOMAS DELLENBUSCH

Liebe ist kein Gefühl

ERZÄHLUNG

MEIN KOPFKINO

Thomas Dellenbusch
»Liebe ist kein Gefühl«

Nina will ihren 39. Geburtstag nicht feiern. Stattdessen lässt sie sich ohne Plan oder Ziel durch die Stadt treiben. Sie glaubt, dass da draußen etwas auf sie wartet. Ein Artikel in einer Zeitschrift, der die Liebe aus einem unerwarteten Blickwinkel heraus betrachtet, weckt ihre Neugierde. Das Titelbild zeigt den Verfasser, und sie erkennt etwas an ihm, das sie dazu verleitet, diesen Mann finden zu wollen. Es wird ein Trip, der sie weit weg führen wird. In den hohen Norden Irlands.

ISBN: 978-3-9816987-5-6   Preis: 6,95 €

»Diese Geschichte gibt uns den Glauben an die Liebe zurück.«
Bücherblog »Magische Momente«

»Selten habe ich solche Zeilen gelesen. Ein wahrer Schatz!«
Ka-Sa's Buchfinder

»Werde ich so schnell nicht mehr vergessen.«
Line's Bücherwelt

»Ein absolutes Must-Have!«
Das Lesesofa

»Mein Buch des Jahres«
Bücherblog »BooksinmyWorld«

THOMAS DELLENBUSCH

Verstecktes Herz

ERZÄHLUNG

MEIN KOPFKINO

Thomas Dellenbusch
»Verstecktes Herz«

Eine junge, hübsche und alleinerziehende Mutter zieht im Sommer 1963 in ein kleines niederbayerisches Dorf. Sie sucht weder eine Anstellung, noch sucht sie Kontakt. Als die Dorfbewohner verschiedene Herrenbesuche feststellen, sind sie entsetzt. Sie halten die Fremde für eine Prostituierte und suchen nach Möglichkeiten, sie zu verjagen. Nur ein junger, im Dorf lebender Journalist ergreift ihre Partei und hält zu ihr. Er vermutet, dass sie sich hier versteckt. Aber vor wem oder was ...? Und ist seine Solidarität echt, oder wurde er auf sie angesetzt, um hinter ihr Geheimnis zu kommen?

ISBN: 978-3-9816987-6-3   Preis: 6,95 €

"Kurzweilige Lektüre, die fesselt und Überraschungen bietet"
Bücherblog "Magische Momente"

"So fesselnd, dass ich die Geschichte am Stück verschlungen habe"
Kitty's Bücherblog

"Wirklich tolle Erzählung, in die man richtig tief abtauchen kann"
Binchens Bücherblog

"Bewegende Erzählung, die einen nicht mehr los lässt"
Lines Bücherwelt

"Dieses Buch hat mich total begeistert. Ein Must-Have!"
Das Lesesofa

THOMAS DELLENBUSCH

CHASE

JAGD AUF DIE STUMME
DICHTERIN

THRILLER

MEIN KOPFKINO

Thomas Dellenbusch
»Chase: Jagd auf die stumme Dichterin«

Enrique "Rique" Allmers ist Inhaber eines Hamburger Security Unternehmens. Als ihn am Fischmarkt eine junge Frau umrennt, beschützt er sie vor ihren Verfolgern. Die beiden fliehen, aber man ist ihnen schon mit Verstärkung auf den Fersen. Rique weiß nicht, wer sie ist oder wer ihre Verfolger sind. Auch weiß er nicht, warum man hinter ihr her ist. Denn sie spricht nicht mit ihm ...

ISBN: 978-3-9816987-0-1   Preis: 6,95 €

"Noch nie hat mich eine Erzählung so sehr gefesselt."
Binchens Bücherblog

"Sehr mitreißend und bildgewaltig."
Bücherblog "Magische Momente"

"Ein absolutes Muss für Thriller-Fans!"
Kitty's Bücherblog

"Ich war begeistert. Ein absolutes Must-Read!"
Das Lesesofa

"Ein rasanter Plot mit erstaunlichen Wendungen, der an einen Actionfilm erinnert."
Leseträume

"Ich war echt baff. Chase hat mich umgehauen."
Phinchens Fantasyroom

Im KopfKino-Verlag sind bisher erschienen:

Alle Geschichten auch als eBook und als Hörbuch erhältlich

Julia Bohndorf

Von echten Puppen, bitteren Pillen und erfundenen Paten

Thomas Dellenbusch

Der Matrjoschka Code

Das Testament

Der Nobelpreis

Der Weichensteller

Verstecktes Herz

Liebe ist kein Gefühl

Chase – Jagd auf die stumme Dichterin

Lilly M. Daniel

Auch die gute Hoffnung stirbt zuletzt

Pia Recht

Der Herzschlag Connemaras: Kastanienrot

Der Herzschlag Connemaras: Deccys Vermächtnis

Tanja Bern

Distant Shore: Sterne der See

Distant Shore: Gold der Dünen

Annika Dick

Lovely Skye: Ein Sommer in Balnodren

Lovely Skye: Ein Herbst in Balnodren

Ausführliche Lese- und Hörproben finden Sie auf
MeinKopfKino.de

Julia Bohndorf wurde 1984 in der Bücherstadt Leipzig geboren. 2004 zog die "Zahnfee" (zahnmedizinische Prophylaxeassistentin) aus beruflichen Gründen nach Ostwestfalen, wo sie sich verliebte, verlobte und verheiratete. Seit 2012 taucht sie schriftstellerisch in ihre eigenen Welten ein. Sie liest und schreibt vorwiegend in den Bereichen Fantasy und Romance. Im Jahr 2015 erschien ihr Debüt-Roman "Wo der Regenbogen anfängt ..." im SadWolf-Verlag. Julia Bohndorf engagiert sich ehrenamtlich für die Deutsche Knochenmarkspenderdatei.

www.ingramcontent.com/pod-product-compliance
Lightning Source LLC
Chambersburg PA
CBHW030639130626
46552CB00002B/927